美绘经典系列

怀念母亲

季羡林 著

夜里梦到母亲,我哭着醒来。醒来再想捉住这梦的时候,梦却早已不知道飞到什么地方去了。

吉林美术出版社 | 全国百佳图书出版单位

在德国——自己的花是让别人看的	006	母与子	052
怀念母亲	009	神奇的丝瓜	063
幽径悲剧	013	槐花	067
清塘荷韵	019	黄昏	071
枸杞树	025	年	077
夹竹桃	030	两个乞丐	083
兔子	034	我的女房东	088
老猫	041	夜来香开花的时候	096

园花寂寞红	107	芝兰之室	149
晨趣	111	二月兰	152
喜雨	114	听雨	159
寂寞	119	国学漫谈	164
月是故乡明	124	两个小孩子	170
重返哥廷根	128	文化漫谈	176
富春江上	137	红	182
回忆	144		

人生是一首诗,微笑着对他,拾取点点诗意。——季羡林

内容简介

季羡林先生的文学创作以散文为主,本书分为"灵性抒怀"和"生活悟语"两部分,精选了《怀念母亲》《枸杞树》《夹竹桃》《在德国——自己的花是让别人看的》等31篇脍炙人口的散文。其中,《怀念母亲》以回忆的形式,介绍了作者对两位母亲——一位是亲生母亲,一位是祖国母亲的"同样崇高的敬意和同样真挚的爱慕",充分表达了作者对亲生母亲永久的悔恨,对祖国母亲不变的爱意。文字优美、情感真挚、意蕴深厚。读来感人肺腑,引人共鸣。

Miss Mother

在德国——自己的花是让别人看的

季羡林

在德国——自己的花是让别人看的 ‖ 怀念母亲
Miss Mother

爱美大概也算是人的天性吧。宇宙间美的东西很多,花在其中占重要的地位。爱花的民族也很多,德国在其中占重要的地位。

四五十年以前我在德国留学的时候,我曾多次对德国人爱花之真切感到吃惊。家家户户都在养花。他们的花不像在中国那样,养在屋子里,他们是把花都栽种在临街窗户的外面。花朵都朝外开,在屋子里只能看到花的脊梁。我曾问过我的女房东:"你这样养花是给别人看的吧!"她莞尔一笑说道:"正是这样!"

正是这样,也确实不错。走过任何一条街,抬头向上看,家家的窗子前都是花团锦簇,姹紫嫣红。许多窗子连接在一起,汇成了一个花的海洋,让我们看的人如入山阴道上,应接不暇。每一家都是这

样,在屋子里的时候,自己的花是让别人看的。走在街上的时候,自己又看别人的花,人人为我,我为人人。我觉得这一种境界是颇耐人寻味的。

今天我又到了德国,刚一下火车,迎接我们的主人问我:"你离开德国这样久,有什么变化没有?"我说:"变化是有的,但是美丽并没有改变。"我说"美丽"指的东西很多,其中也包含着美丽的花。我走在街上,抬头一看,又是家家户户的窗口上都开满了鲜花。多么奇丽的景色!多么奇特的民族!我仿佛又回到了四五十年前,我做了一个花的梦,做了一个思乡的梦。

怀念母亲

我一生有两个母亲：一个是生我的那个母亲；一个是我的祖国母亲。

我对这两个母亲怀着同样崇高的敬意和同样真挚的爱慕。

我六岁离开我的生母，到城里去住。中间曾回故乡两次，偏是奔丧，只在母亲身边待了几天，仍然回到城里。最后一别八年，在我读大学二年级的时候，母亲弃养，只活了四十多岁。我痛哭了几年，食不下咽，寝不安席。我真想随母亲于地下。我的愿望没能实现，从此我就成了没有母亲的孤儿。一个缺少母爱的孩子，是灵魂不全的人。我怀着不全的灵魂，抱终天之恨。一想到母亲，就泪流不止，数十年如一日。

后来我到德国留学，住在一座叫哥廷根的孤寂的小城，不知道是为什么，母亲频来入梦。

我的祖国母亲，我这是第一次离开她。离开的时间只有短短几个月，不知道是为什么，我这个母亲也频来入梦。

为了保存当时真实的感情，避免用今天的情感篡改当时的感情，我现在不加叙述，不作描绘，只从初到哥廷根的日记里摘抄几段：

1935年11月16日

不久外面就黑起来了。我觉得这黄昏的时候最有意思。我不开灯，只沉默地站在窗前，看暗夜渐渐织上天空，织上对面的屋顶。一切都沉在朦胧的薄暗中。我的心往往在沉静到不能再沉静的氛围里，活动起来。这活动是轻微的，我简直不知道有这样的活动。我想到故乡，故乡里的老朋友，心里有点酸酸的，有点凄凉。然而这凄凉却并不同普通的凄凉一样，是甜蜜的，浓浓的，有说不出的味道，浓浓地糊在心头。

11月18日

从好几天以前，房东太太就向我说，她的儿子今天家来，从学校回家来，她高兴得不得了。……但儿子只是不来，她的神色有点沮丧。

怀念母亲 ‖ 怀念母亲
Miss Mother

她又说,晚上还有一趟车,说不定他会来的。我看了她的神气,想到自己的在故乡地下卧着的母亲,我真想哭!我现在才知道,古今中外的母亲都是一样的!

11月20日

我现在还真是想家,想故国,想故国里的朋友。我有时简直想得不能忍耐。

11月28日

我仰在沙发上,听风声在窗外过路。风里夹着雨。天色阴得如黑夜。心里思潮起伏,又想起故国了。

12月6日

近几天来,心情安定多了。以前我真觉得二年太长;同时,在这里无论衣食住行哪一方面都感到不舒服,所以这二年简直似乎无论如何

也忍受不下来了。

　　从初到哥廷根的日记里，我暂时引用这几段。实际上，类似的地方还有不少，从这几段中也可见一斑。总之，我不想在国外待。一想到我的母亲和祖国母亲，就心潮腾涌，惶惶不可终日，留在国外的念头连影儿都没有。几个月以后，在1936年7月11日，我写了一篇散文，题目叫《寻梦》。开头一段是：

　　夜里梦到母亲，我哭着醒来。醒来再想捉住这梦的时候，梦却早不知道飞到什么地方去了。

　　下面描绘在梦里见到母亲的情景。最后一段是：

　　天哪！连一个清清楚楚的梦都不给我吗？我怅望灰天，在泪光里，幻出母亲的面影。

　　我在国内的时候，只怀念，也只有可能怀念一个母亲。现在到国外来了，在我的怀念中就增添了一个祖国母亲。这种怀念，在初到哥廷根的时候，异常强烈。以后也没有断过。对这两位母亲的怀念，一直伴随着我度过了在德国的十年，在欧洲的十一年。

幽径悲剧

李羡林

出家门,向右转,只有二三十步,就走进一条曲径。有二三十年之久,我天天走过这一条路,到办公室去。因为天天见面,也就成了司空见惯,对它有点漠然了。

然而,这一条幽径却是大大有名的。记得在五十年代,我在故宫的一个城楼上,参观过一个有关《红楼梦》的展览。我看到由几幅山水画组成的组画,画的就是这一条路,足证这一条路是同这一部伟大的作品有某一些联系的。至于是什么联系,我已经记忆不清。留在我记忆中的只是一点印象:这一条平平常常的路是有来头的,不能等闲视之。

这一条路在燕园中是极为幽静的地方。学生们称之为"后湖",他们是很少到这里来的。我上面说它平平常常,这话有点语病,它其实是颇为不平常的。一面傍湖,一面靠山,蜿蜒曲折,实有曲径通幽之趣。山上苍松翠柏,杂树成林。无论春夏秋冬,总有翠色在目。不知名的小花,从春天开起,过一阵换一个颜色,一直开到秋末。到了夏天,山上一团浓绿,人们仿佛是在一片绿雾中穿行。林中小鸟,枝头鸣蝉,仿佛互相应答。秋天,枫叶变红,与苍松翠柏,相映成趣,凄清中又饱含浓烈。几乎让人不辨四时了。

小径另一面是荷塘,引人注目主要是在夏天。此时绿叶接天,红荷映日。仿佛从地下深处爆发出一股无比强烈的生命力,向上,向上,向上,欲与天公试比高,真能使懦者立怯者强,给人以无穷的感染力。

不管是在山上,还是在湖中,一到冬天,当然都有白雪覆盖。在湖中,昔日激滟的绿波为坚冰所取代。但是在山上,虽然落叶树都把叶子落掉,可是松柏反而更加精神抖擞,绿色更加浓烈,意思是想把其他树木之所失,自己一手弥补过来,非要显示出绿色的威力不行。再加上还有翠竹助威,人们置身其间,绝不会感到冬天的萧索了。

这一条神奇的幽径,情况大抵如此。

在所有的这些神奇的东西中,给我印象最深,让我最留恋难忘的是一株古藤萝。藤萝是一种受人喜爱的植物。清代笔记中有不少关于北京藤萝的记述。在古庙中,在名园中,往往都有几棵寿达数百年的藤萝,许多神话故事也往往涉及藤萝。北大现住的燕园,是清代名园,有几棵古老的藤萝,自是意中事。我们最初从城里搬来的时候,还能看到几棵据说是明代传下来的藤萝。每到春天,紫色的花朵开得满棚满架,引得游人和蜜蜂猬集其间,成为春天一景。

但是,根据我个人的评价,在众多的藤萝中,最有特色的还是幽径的这一棵。它既无棚,也无架,而是让自己的枝条攀附在邻近的几棵大树的干和枝上,盘曲而上,大有直上青云之概。因此,从下面看,除了一段苍黑古劲像苍龙般的粗干外,根本看不出是一株藤萝。每到春天,我走在树下,眼前无藤萝,心中也无藤萝。然而一股幽香

蓦地闯入鼻官,嗡嗡的蜜蜂声也袭入耳内,抬头一看,在一团团的绿叶中——根本分不清哪是藤萝叶,哪是其他树的叶子——隐约看到一朵朵紫红色的花,颇有万绿丛中一点红的意味。直到此时,我才清晰地意识到这一棵古藤的存在,顾而乐之了。

经过了史无前例的十年浩劫,不但人遭劫,花木也不能幸免。藤萝们和其他一些古丁香树等等,被异化为"修正主义",遭到了无情的诛伐。六院前的和红二三楼之间的那两棵著名的古藤,被坚决、彻底、干净、全部地消灭掉。是否也被踏上一千只脚,没有调查研究,不敢瞎说;永世不得翻身,则是铁一般的事实了。

茫茫燕园中,只剩下了幽径的这一棵藤萝了。它成了燕园中藤萝界的鲁殿灵光①。每到春天,我在悲愤、惆怅之余,惟一的一点安慰就是幽径中这一棵古藤,每次走在它下面,闻到淡淡的幽香,听到嗡嗡的蜂声,顿觉这个世界还是值得留恋的,人生还不全是荆棘丛。其中情味,只有我一个人知道,不足为外人道也。

然而,我快乐得太早了。人生毕竟还是一个荆棘丛,绝不是到处都盛开着玫瑰花。今年春天,我走过长着这棵古藤的地方,我的眼前一闪,吓了一大跳:古藤那一段原来凌空的虬干,忽然成了吊死鬼,下面被人砍断,只留上段悬在空中,在风中摇曳。再抬头向上看,藤萝初绽出来的一些淡紫的成串的花朵,还在绿叶丛中微笑。它们还没有来得及知道,自己赖以生存的树干已经被砍断了,脱离了地面,再没有水分供它们生存了。它们仿佛成了失掉了母亲的孤儿,不久就会微笑不下去,连痛哭也没有地方了。

我是一个没有出息的人。我的感情太多,总是供过于求,经常为一些小动物、小花草惹起万斛闲愁。真正的伟人们是绝不会这样的。反过来说,如果他们像我这样的话,也绝不能成为伟人。我还有

---

①鲁殿灵光:比喻仅存的有声望的人或事物。

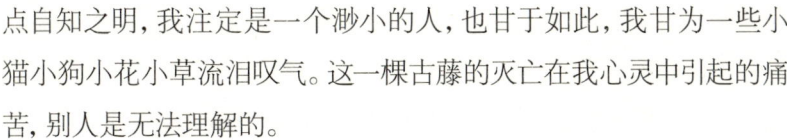

点自知之明，我注定是一个渺小的人，也甘于如此，我甘为一些小猫小狗小花小草流泪叹气。这一棵古藤的灭亡在我心灵中引起的痛苦，别人是无法理解的。

从此以后，我最爱的这一条幽径，我真有点怕走了。我不敢再看那一段悬在空中的古藤枯干，它真像吊死鬼一般，让我毛骨悚然。非走不行的时候，我就紧闭双眼，疾趋而过。心里数着数：一、二、三、四，一直数到十，我估摸已经走到了小桥的桥头上，吊死鬼不会看到了，我才睁开眼走向前去。此时，我简直是悲哀至极，哪里还有什么闲情逸致来欣赏幽径的情趣呢？

但是，这也不行。眼睛虽闭，但耳朵是关不住的。我隐隐约约听到古藤的哭泣声，细如蚊蝇，却依稀可辨。它在控诉无端被人杀害。它在这里已经待了二三百年，同它所依附的大树一向和睦相处。它虽阅尽人间沧桑，却从无害人之意。每到春天，就以自己的花朵为人间增添美丽。焉知一旦毁于愚氓之手。它感到万分委屈，又投诉无门。它的灵魂死守在这里。每到月白风清之夜，它会走出来显圣的。在大白天，只能偷偷地哭泣。山头的群树、池中的荷花是对它深表同情的，然而又受到自然的约束，寸步难行，只能无言相对。在茫茫人世中，人们争名于朝，争利于市，哪里有闲心来关怀一棵古藤的生死呢？于是，它只有哭泣，哭泣，哭泣……

世界上像我这样没有出息的人，大概是不多的。古藤的哭泣声恐怕只有我一个能听到。在浩茫无际的大千世界上，在林林总总的植物中，燕园的这一棵古藤，实在渺小得不能再渺小了。你倘若问一个燕园中人，绝不会有任何人注意到这一棵古藤的存在的，绝不会有任何人关心它的死亡的，绝不会有任何人为之伤心的。偏偏出了我这样一个人，偏偏让我住到这个地方，偏偏让我天天走这一条幽径，偏偏又发生了这样一个小小的悲剧；所有这一些偶然性都集中

在一起，压到了我的身上。我自己的性格制造成的这一个十字架。只有我自己来背了。奈何，奈何！

但是，我愿意把这个十字架背下去，永远永远地背下去。

1992年9月13日

清塘荷韵

楼前有清塘数亩。记得三十多年前初搬来时，池塘里好像是有荷花的，我的记忆里还残留着一些绿叶红花的碎影。后来时移事迁，岁月流逝，池塘里却变得"半亩方塘一鉴开，天光云影共徘徊"，再也不见什么荷花了。

我脑袋里保留的旧的思想意识颇多，每一次望到空荡荡的池塘，总觉得好像缺点什么。这不符合我的审美观念。有池塘就应当有点绿的东西，哪怕是芦苇呢，也比什么都没有强。最好的最理想的当然是荷花。中国旧的诗文中，描写荷花的简直是太多太多了。周敦颐的《爱莲说》读书人不知道的恐怕是绝无仅有的。他那一句有名的"香远益清"是脍炙人口的。几乎可以说，中国没有人不爱荷花的。可我们楼前池塘中独独缺少荷花。每次看到或想到，总觉得是一块心病。

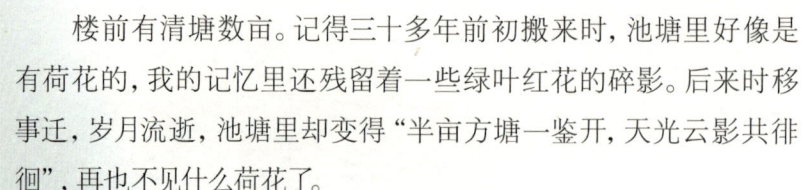

有人从湖北来,带来了洪湖的几颗莲子,外壳呈黑色,极硬。据说,如果埋在淤泥中,能够千年不烂。因此,我用铁锤在莲子上砸开了一条缝,让莲芽能够破壳而出,不至永远埋在泥中。这都是一些主观的愿望,莲芽能不能够出,都是极大的未知数。反正我总算是尽了人事,把五六颗敲破的莲子投入池塘中,下面就是听天命了。

这样一来,我每天就多了一件工作:到池塘边上去看上几次。心里总是希望,忽然有一天,"小荷才露尖尖角",有翠绿的莲叶长出水面。可是,事与愿违,投下去的第一年,一直到秋凉落叶,水面上也没有出现什么东西。经过了寂寞的冬天,到了第二年,春水盈塘,绿柳垂

丝,一片旖旎的风光。可是,我翘盼的水面上却仍然没有露出什么荷叶。此时我已经完全灰了心,以为那几颗湖北带来的硬壳莲子,由于人力无法解释的原因,大概不会再有长出荷花的希望了。我的目光无法把荷叶从淤泥中吸出。

但是,到了第三年,却忽然出了奇迹。有一天,我忽然发现,在我投莲子的地方长出了几个圆圆的绿叶,虽然颜色极惹人喜爱,但是却细弱单薄,可怜兮兮地平卧在水面上,像水浮莲的叶子一样。而且最初只长出了五六个叶片。我总嫌这有点太少,总希望多长出几片来。于是,我盼星星,盼月亮,天天到池塘边上去观望。有校外的农民来捞水草,我总请求他们手下留情,不要碰断叶片。但是经过了漫漫的长夏,凄清的秋天又降临人间,池塘里浮动的仍然只是孤零零的那五六个叶片。对我来说,这又是一个虽微有希望但究竟仍令人灰心的一年。

真正的奇迹出现在第四年上。严冬一过,池塘里又溢满了春水。到了一般荷花长叶的时候,在去年飘浮着五六个叶片的地方,一夜之间,突然长出了一大片绿叶,而且看来荷花在严冬的冰下并没有停止行动。因为在离开原有五六个叶片的那块基地比较远的池塘中心,也长出了叶片。叶片扩张的速度,扩张范围的扩大,都是惊人地快。几天之内,池塘内不小一部分,已经全为绿叶所覆盖。而且原来平卧在水面上的像是水浮莲一样的叶片,不知道是从哪里聚集来了力量,有一些竟然跃出了水面,长成了亭亭的荷叶。原来我心中还迟迟疑疑,怕池中长的是水浮莲,而不是真正的荷花。这样一来,我心中的疑云一扫而光:池塘中生长的真正是洪湖莲花的子孙了。我心中狂喜,这几年总算是没有白等。

天地萌生万物,对包括人在内的动植物等有生命的东西,总是赋予一种极其惊人的求生存的力量和极其惊人的扩展蔓延的力量,这种力量大到无法抗御。只要你肯费力来观摩一下,就必然会承认

清塘荷韵 ‖ 怀念母亲
Miss Mother

这一点。现在摆在我面前的就是我楼前池塘里的荷花。自从几个勇敢的叶片跃出水面以后，许多叶片接踵而至。一夜之间，就出来了几十枝，而且迅速地扩散、蔓延。不到十几天的工夫，荷叶已经蔓延得遮蔽了半个池塘。从我撒种的地方出发，向东西南北四面扩展。我无法知道，荷花是怎样在深水中淤泥里走动。反正从露出水面荷叶来看，每天至少要走半尺的距离，才能形成眼前这个局面。

光长荷叶，当然是不能满足的。荷花接踵而至，而且据了解荷花的行家说，我门前池塘里的荷花，同燕园其他池塘里的，都不一样。其他地方的荷花，颜色浅红；而我这里的荷花，不但红色浓，而且花瓣多，每一朵花能开出十六个复瓣，看上去当然就与众不同了。这些红艳耀目的荷花，高高地凌驾于莲叶之上，迎风弄姿，似乎在睥睨一切。幼时读旧诗："毕竟西湖六月中，风光不与四时同。接天莲叶无穷碧，映日荷花别样红。"爱其诗句之美，深恨没有能亲自到杭州西湖去欣赏一番。现在我门前池塘中呈现的就是那一派西湖景象。是我把西湖从杭州搬到燕园里来了，岂不大快人意也哉！前几年才搬到朗润园来的周一良先生赐名为"季荷"。我觉得很有趣，又非常感激。难道我这个人将以荷而传吗？

前年和去年，每当夏月塘荷盛开时，我每天至少有几次徘徊在塘边，坐在石头上，静静地吸吮荷花和荷叶的清香。"蝉噪林逾静，鸟鸣山更幽。"我确实觉得四周静得很。我在一片寂静中，默默地坐在那里，水面上看到的是荷花绿肥、红肥。倒影映入水中，风乍起，一片莲瓣堕入水中，它从上面向下落，水中的倒影却是从下边向上落，最后一接触到水面，二者合为一，像小船似的漂在那里。我曾在某一本诗话上读到两句诗："池花对影落，沙鸟带声飞。"作者深惜这二句对仗不工。这也难怪，像"池花对影落"这样的境界究竟有几个人能参悟透呢？

晚上，我们一家人也常常坐在塘边石头上纳凉。有一夜，天空

中的月亮又明又亮,把一片银光洒在荷花上。我忽听扑通一声。是我的小白波斯猫毛毛扑入水中,它大概是认为水中有白玉盘,想扑上去抓住。它一入水,大概就觉得不对头,连忙矫捷地回到岸上,把月亮的倒影打得支离破碎,好久才恢复了原形。

今年夏天,天气异常闷热,而荷花则开得特欢。绿盖擎天,红花映日,把一个不算小的池塘塞得满而又满,几乎连水面都看不到了。一个喜爱荷花的邻居,天天兴致勃勃地数荷花的朵数。今天告诉我,有四五百朵;明天又告诉我,有六七百朵。但是,我虽然知道他为人细致,却不相信他真能数出确实的朵数。在荷叶底下,石头缝里,旮旮旯旯,不知还隐藏着多少菁葖(gūtū),都是在岸边难以看到的。粗略估计,今年大概开了将近一千朵。真可以算是洋洋大观了。

连日来,天气突然变寒。好像是一下子从夏天转入秋天。池塘里的荷叶虽然仍然是绿油一片,但是看来变成残荷之日也不会太远了。再过一两个月,池水一结冰,连残荷也将消逝得无影无踪。那时荷花大概会在冰下冬眠,做着春天的梦。它们的梦一定能够圆的。
"既然冬天到了,春天还会远吗?"
我为我的"季荷"祝福。

1997年9月16日

枸杞树

文学的 fragrance 味道

在不经意的时候，一转眼便会有一棵苍老的枸杞树的影子飘过。这使我困惑。

最先是去追忆：什么地方我曾看见这样一棵苍老的枸杞树呢？是在某处的山里么？是在另一个地方的一个花园里么？但是，都不像。最后，我想到才到北平时住的那个公寓；于是我想到这棵苍老的枸杞树。

我现在还能很清晰地温习一些事情：我记得初次到北平时，在前门下了火车以后，这古老都市的影子，便像一个秤锤，沉重地压在我的心上。我迷惘地上了一辆洋车，跟着木屋似的电车向北跑。远处是红的墙，黄的瓦。

我是初次看到电车的。我想，"电"不是很危险吗？后面的电车上的脚铃响了；我坐的洋车仍然在前面悠然地跑着。我感到焦急，同时，我的眼仍然"如入山阴道上，应接不暇"，我仍然看到，红的墙，黄的瓦。终于，在焦急，又因为初踏入一个新的境地而生的迷惘的心情下，折过了不知多少满填着黑土的小胡同以后，我被拖到西城的某一个公寓里去了。我仍然非常迷惘而有点近于慌张，眼前的一切都仿佛给一层轻

枸杞树 ‖ 怀念母亲
Miss Mother

烟笼罩起来似的，我看不清院子里的什么东西，我甚至也没有看清我住的小屋，黑夜跟着来了，我便糊里糊涂地睡下去，做了许许多多离奇古怪的梦。

虽然做了梦，但是却没有能睡得很熟，刚看到窗上有点发白，我就起来了。因为心比较安定了一点，我才开始看得清楚：我住的是北屋，屋前的小院里，有不算小的一缸荷花，四周错落地摆了几盆杂花。我记得很清楚：这些花里面有一棵仙人头，几天后，还开了很大的一朵白花，但是最惹我注意的，却是靠墙长着的一棵枸杞树，已经长得高过了屋檐，枝干苍老钩曲像千年的古松，树皮皱着，色是黝黑的，有几处已经开裂。幼年在故乡里的时候，常听人说，枸杞是长得非常慢的，很难成为一棵树，现在居然有这样一棵虬干的老枸杞站在我面前，真像梦；梦又掣开了轻渺的网，我这是站在公寓里么？于是，我问公寓的主人，这枸杞有多大年龄了。他也渺茫：他初次来这里开公寓时，这树就是现在这样，三十年来，没有多少变动。这更使我惊奇，我用惊奇的太息的眼光注视着这苍老的枝干在沉默着，又注视着接连着树顶的蓝蓝的长天。

就这样，我每天看书乏了，就总到这棵树底下徘徊。在细弱的枝条上，蜘蛛结了网，间或有一片树叶儿或苍蝇蚊子之流的尸体粘在上面。在有太阳和灯火照上去的时候，这小小的网也会反射出细弱的清光来。倘若再走近一点，你又可以看到有许多叶上都爬着长长的绿色的虫子，在爬过的叶上留了半圆缺口。就在这有着缺口的叶片上，你可以看到各样的斑驳陆离的彩痕。对了这彩痕，你可以随便想到什么东西，想到地图，想到水彩画，想到被雨水冲过的墙上的残痕，再玄妙一点，想到宇宙，想到有着各种彩色的迷离的梦影。这许许多多的东西，都在这小的叶片上呈现给你。当你想到地图的时候，你可以任意指定一个小的黑点，算做你的故乡。再大一点的黑点，算做你曾游过的湖或山，你不是也可以在你心的深处浮起点温

热的感觉么？这苍老的枸杞树就是我的宇宙。不，这叶片就是我的全宇宙。我替它把长长的绿色的虫子拿下来，摔在地上，对着它，我描画给自己种种涂着彩色的幻想，我把我的童稚的幻想，拴在这苍老的枝干上。

在雨天，牛乳色的轻雾给每件东西涂上一层淡影。这苍黑的枝干更显得黑了。雨住了的时候，有一两个蜗牛在上面悠然地爬着，散步似的从容，蜘蛛网上残留的雨滴，静静地发着光。一条虹从北屋的脊上伸展出去，像拱桥不知伸到什么地方去了。这枸杞的顶尖就正顶着这桥的中心。不知从什么地方来的阴影，渐渐地爬过了西墙，墙隅的蜘蛛网，树叶浓密的地方仿佛把这阴影捉住了一把似的，渐渐地黑起来。只剩了夕阳的余晖返照在这苍老的枸杞树的圆圆的顶上，淡红的一片，熠耀着，俨然如来佛头顶上金色的圆光。

以后，黄昏来了，一切角隅皆为黄昏占领了。我同几个朋友出去到西单一带散步。穿过了花市，晚香玉在薄暗里发着幽香。不知在什么时候，什么地方，我曾读过一句诗："黄昏里充满了木樨花的香。"我觉得很美丽。虽然我从来没有闻到过木樨花的香；虽然我明知道现在我闻到的是晚香玉的香。但是我总觉得我到了那种缥缈的诗意的境界似的。在淡黄色的灯光下，我们摸索着转近了幽黑的小胡同，走回了公寓。这苍老的枸杞树只剩下了一团凄迷的影子，靠了北墙站着。

跟着来的是个长长的夜。我坐在窗前读着预备考试的功课。大头尖尾的绿色小虫，在糊了白纸的玻璃窗外有所寻觅似的撞击着。不一会，一个从缝里挤进来了，接着又一个，又一个。成群的围着灯飞。当我听到卖"玉米面饽饽"戛长的永远带点儿寒冷的声音，从远处的小巷里越过了墙飘了过来的时候，我便捻熄了灯，睡下去。于是又开始了同蚊子和臭虫的争斗。在静静的长夜里，忽然醒了，残梦仍然压在我心头，倘若我听到又有窸窣的声音在这棵苍老的枸杞树周围，我便知道

枸杞树 ‖ 怀念母亲
Miss Mother

外面又落了雨。我注视着这神秘的黑暗,我描画给自己:这枸杞树的苍黑的枝干该便黑了吧;那匹蜗牛有所趋避该匆匆地在向隐僻处爬去吧;小小的圆的蜘蛛网,该又捉住雨滴了吧,这雨滴在黑夜里能不能静静地发着光呢?我做着天真的童话般的梦。我梦到了这棵苍老的枸杞树。——这枸杞树也做梦么?第二天早起来,外面真的还在下着雨。空气里充满了清新的沁人心脾的清香。荷叶上顶着珠子似的雨滴,蜘蛛网上也顶着,静静地发着光。

在如火如荼的盛夏转入初秋的澹远里去的时候,我这种诗意的又充满了稚气的生活,终于也不能继续下去。我离开这公寓,离开这苍老的枸杞树,移到清华园里来,到现在差不多四年了。这园子素来是以水木著名的。春天里,满园里怒放着红的花,远处看,红红的一片火焰。夏天里,垂柳拂着地,浓翠扑上人的眉头。红霞般的爬山虎给冷清的深秋涂上一层凄艳的色彩。冬天里,白雪又把这园子安排成为一个银的世界。在这四季,又都有西山的一层轻渺的紫气,给这园子添了不少的光辉。这一切颜色:红的,翠的,白的,紫的,混合地涂上了我的心,在我心里幻成一副绚烂的彩画。我做着红色的,翠色的,白色的,紫色的,各样颜色的梦。论理说起来,我在西城的公寓做的童话般的梦,早该被挤到不知什么地方去了。但是,我自己也不了解,在不经意的时候,总有一棵苍老的枸杞树的影子飘过。飘过了春天的火焰似的红花;飘过了夏天的垂柳的浓翠;飘过了红霞似的爬山虎,一直到现在,是冬天,白雪正把这园子装成银的世界。混合了氤氲的西山的紫气,静定在我的心头。在一个浮动的幻影里,我仿佛看到:有夕阳的余晖返照在这棵苍老的枸杞树的圆圆的顶上,淡红的一片,熠耀着,像如来佛头顶上的金光。

1933年12月8日

夹竹桃

季羡林

夹竹桃 ‖ 怀念母亲
Miss Mother

夹竹桃不是名贵的花，也不是最美丽的花；但是，对我说来，它却是最值得留恋最值得回忆的花。

不知道由于什么缘故，也不知道从什么时候起，在我故乡的那个城市里，几乎家家都种上几盆夹竹桃，而且都摆在大门内影壁墙下，正对着大门口。客人一走进大门，扑鼻的是一阵幽香，入目的是绿蜡似的叶子和红霞或白雪似的花朵，立刻就感觉到仿佛走进自己的家门口，大有宾至如归之感了。

我们家的大门内也有两盆，一盆是红色的，一盆是白色的。我小的时候，天天都要从这下面走出走进。红色的花朵让我想到火，白色的花朵让我想到雪。火与雪是不相容的；但是，这两盆花却融洽地开在一起，宛如火上有雪，或雪上有火。我顾而乐之，小小的心灵里觉得十分奇妙，十分有趣。

只有一墙之隔，转过影壁，就是院子。我们家里一向是喜欢花的，虽然没有什么非常名贵的花，但是常见的花却是应有尽有。每年春天，迎春花首先开出黄色的小花，报告春的消息。以后接着来的是桃花、杏花、海棠、榆叶梅、丁香等等，院子里开得花团锦簇。到了夏天，更是满院葳蕤。凤仙花、石竹花、鸡冠花、五色梅、江西腊等等，五彩缤纷，美不胜收。夜来香的香气熏透了整个的夏夜的庭院，是我什么时候也不会忘记的。一到秋天，玉簪花带来凄清的寒意，菊花报告花事的结束。总之，一年三季，花开花落，没有间歇；情景虽美，变化亦多。

然而，在一墙之隔的大门内，夹竹桃却在那里静悄悄地一声不响，一朵花败了，又开出一朵；一嘟噜花黄了，又长出一嘟噜；在和煦的春风里，在盛夏的暴雨里，在深秋的清冷里，看不出什么特别茂盛的时候，也看不出什么特别衰败的时候，无日不迎风弄姿，从春天一直到秋天，从迎春花一直到玉簪花和菊花，无不奉陪。这一点韧性，同院子里那些花比起来，不是形成一个强烈的对照吗？

但是夹竹桃的妙处还不止于此。我特别喜欢月光下的夹竹桃。你站在它下面,花朵是一团模糊;但是香气却毫不含糊,浓浓烈烈地从花枝上袭了下来。它把影子投到墙上,叶影参差,花影迷离,可以引起我许多幻想。我幻想它是地图,它居然就是地图了。这一堆影子是亚洲,那一堆影子是非洲,中间空白的地方是大海。碰巧有几只小虫子爬过,这就是远渡重洋的海轮。我幻想它是水中的荇藻,我眼前就真的展现出一个小池塘。夜蛾飞过映在墙上的影子就是游鱼。我幻想它是一幅墨竹,我就真看到一幅画。微风乍起,叶影吹动,这一幅画竟变成活画了。

有这样的韧性,能这样引起我的幻想,我爱上了夹竹桃。

好多好多年,我就在这样的夹竹桃下面走出走进。最初我的个儿矮,必须仰头才能看到花朵。后来,我逐渐长高了,夹竹桃在我眼中也就逐渐矮了起来。等到我眼睛平视就可以看到花的时候,我离开了家。

我离开了家,过了许多年,走过许多地方。我曾在不同的地方看到过夹竹桃,但是都没有留下深刻的印象。

两年前,我访问了缅甸。在仰光开过几天会以后,缅甸的许多朋友们热情地陪我们到缅甸北部古都蒲甘去游览。这地方以佛塔著名,有"万塔之城"的称号。据说,当年确有万塔。到了今天,数目虽然没有那样多了,但是,纵目四望,嶙嶙峋峋,群塔簇天,一个个从地里涌出,宛如阳朔群山,又像是云南的石林,用"雨后春笋"这一句老话,差堪比拟。虽然花草树木都还是绿的,但是时令究竟是冬天了,一片萧瑟荒寒气象。

然而就在这地方,在我们住的大楼前,我却意外地发现了老朋友夹竹桃。一株株都跟一层楼差不多高,以至我最初竟没有认出它们来。花色比国内的要多,除了红色的和白色的以外,记得还有黄色的。叶子比我以前看到的更绿得像绿蜡,花朵开在高高的枝头,更

夹竹桃 ‖ 怀念母亲
Miss Mother

像片片的红霞、团团的白雪、朵朵的黄云。苍郁繁茂，浓翠逼人，同荒寒的古城形成了强烈的对比。

我每天就在这样的夹竹桃下走出走进。晚上同缅甸朋友们在楼上凭栏闲眺，畅谈各种各样的问题，谈蒲甘的历史，谈中缅文化的交流，谈中缅两国人民的同胞兄弟的友谊。在这时候，远处的古塔渐渐隐入暮霭中，近处的几个古塔上却给电灯照得通明，望之如灵山幻境。我伸手到栏外，就可以抓到夹竹桃的顶枝。花香也一阵一阵地从下面飘上楼来，仿佛把中缅友谊熏得更加芬芳。

就这样，在对于夹竹桃的婉美动人的回忆里，又涂上了一层绚烂夺目的中缅人民友谊的色彩。

我从此更爱夹竹桃。

1962年10月17日

兔子

兔子 ‖ 怀念母亲
Miss Mother

不记得是什么时候,大概总在我们全家刚从一条满铺了石头的古旧的街的北头搬到南头以后,我有了三只兔子。

说起兔子,我从小就喜欢的。在故乡里的时候,同村的许多的家里都养着一窝兔子。在地上掘一个井似的圆洞,不深,在洞底又有向旁边通的小洞。兔子就住在里面。不知为什么,我们却总不记得家里有过这样的洞。每次随了大人往别的养兔子的家里去玩的时候,大人们正在扯不断拉不断絮絮地谈得高兴的当儿,我总是放轻了脚步走到洞口,偷偷地向里瞧——兔子正在小洞外面徘徊着呢。有黑白花的,有纯黑的。我顶喜欢纯白的,因为眼睛红亮得好看,透亮的长耳朵左右摇摆着。嘴也仿佛战栗似的颤动着,在嚼着菜根什么的。蓦地看见人影,都迅速地跑进小洞去了,像一溜溜的白色黑色的烟。倘若再伏下身子去看,在小洞的薄暗里,便只看见一对对的莹透的宝石似的眼睛了。

在我走出了童年以前的某一个春天,记得是刚过了年,因为一种机缘的凑巧,我离开故乡,到一个以湖山著名的都市里去。从栉比的高的楼房的空隙里,我只看到一线蓝蓝的天,这哪里像故乡里锅似的覆盖着的天呢?我看不到远远的笼罩着一层轻雾的树,我看不到天边上飘动的水似的云烟,我嗅不到土的气息。我仿佛住在灰之国里。终日里,我只听到闹嚷嚷的车马的声音。在半夜里,还有小贩的咽声从远处的小巷里飘了过来。我是地之子,我渴望着再回到大地的怀里去。当时,小小的心灵也会感到空漠的悲哀吧。但是,最使我不能忘怀的,占据了我的整个的心的,却还是有着宝石似的眼睛的故乡里的兔子。

也不记得是几年以后了,总之是在秋天,叔父从望口山回家来,仆人挑了一担东西。上面是用蒲包装的有名的肥桃,下面有一个木笼。我正怀疑木笼里会装些什么东西,仆人已经把木笼举到我的眼前了——战栗似的颤动着的嘴,透亮的长长的耳朵,红亮的宝石

似的眼睛……这不正是我梦寐渴望的兔子么?记得他临到望口山去的时候,我曾向他说过,要他带几个兔子回来。当时也不过随意一说,现在居然真带来了。这仿佛把我拉回了故乡里去。我是怎么狂喜呢?笼里一共有三只:一只大的、黑色,像母亲;两只小的、白色。我立刻舍弃了美味的肥桃,东跑西跑,忙着找白菜,找豆芽,喂它们。我又替它们张罗住处,最后就定住在我的床下。

童年在故乡里的时候,伏在别人的洞口上,羡慕人家的兔子,现在居然也有三只在我的床下了。对我,这简直比童话还不可信。最初,才从笼里放出来的时候,立刻就有猫挤上来。兔子仿佛很胆怯,伏在地上,不敢动。耳朵紧贴在头上,只有嘴颤动得更厉害。把猫赶走了,才慢慢地试着跑。我一转眼,大的早领着两只小的躲在花盆后面了。再一转眼,早又跑到床下面去了。有了兔子以后的第一个夜里,我躺在床上,辗转着睡不沉,听兔子在床下嚼着豆芽的声音。我仿佛浮在云堆里,已经忘记了做过些什么样的梦了。

就这样,我的床下面便凭空添了三个小生命。每当我坐在靠窗的一张桌子的旁边读书的时候,兔子便偷偷地从床下面踱出来,没有一点声音。我从书页上面屏息地看着它们。——先是大的一探头,又缩回去;再一探头,走出来了,一溜黑烟似的。紧随着的是两只小的,都白得像一团雪,眼睛红亮,像——我简直说不出像什么。像玛瑙么?比玛瑙还光莹。就用这小小的红亮的眼睛四面看着,走到从花盆里垂出的拂着地的草叶下面,嘴战栗似的颤动几下,停一停,走到书旁边。嘴战栗似的颤动几下,停一停,走到小凳下面。嘴战栗似的颤动几下,停一停。忽然,我觉得有软茸茸的东西靠上了我的脚了。我知道这是小兔正伏在我的脚下。我忍耐着不敢动,不知怎地,腿忽然一抽。我再看时,一溜黑烟,两溜白烟,兔子都藏到床下面去。伏下身去看,在床下面暗黑的角隅里,便只看见莹透的宝石似的一对对的眼睛了。

兔子 ‖ 怀念母亲
Miss Mother

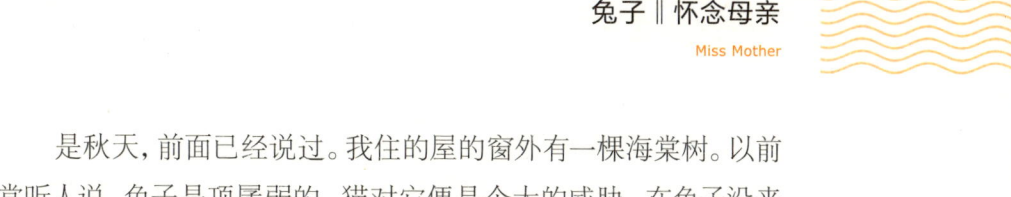

  是秋天，前面已经说过。我住的屋的窗外有一棵海棠树。以前常听人说，兔子是顶孱弱的。猫对它便是个大的威胁。在兔子没来我床下面住以前，屋里也常有猫的踪迹。门关严了的时候，这棵海棠树就成了猫来我屋的路。自从有了兔子以后，在冷寂的秋的长夜里，我常常无所谓的蓦地醒转来。窗外风吹着落叶，窸窣地响，我疑心是猫从海棠树上爬上了窗子。连绵的夜雨击着落叶，窸窣地响，我又疑心是猫爬上了窗子。我静静地等着，不见有猫进来。低头看时，兔子正在地上来回地跑着。在微明的灯光里，更像一溜溜的黑烟和白烟了，眼睛也更红亮得像宝石了。当我正要蒙眬睡去的时候，恍惚听到"咪"的一声，看窗子上破了一个洞的地方，正有两颗灯似的眼睛向里瞅着。

  第二天早晨起来，第一件要做的事情，就是伏下头去看，兔子丢了没有。看到两个小兔两团白絮似的偎在大的身旁熟睡的时候，心里仿佛得到点安慰。过了一会儿，再回到屋里来读书的时候，又可以看到它们在脚下来回地跑了。其实并没有什么声息，屋里总仿佛充满了生气与欢腾似的。周围的空气，也软浓浓地变得甜美了。兔子也渐渐不胆怯起来，看见我也不很躲避了。第一次一个小兔很驯顺地让我抚摸的时候，我简直欢喜得流泪呢。

  倘若我的记忆靠得住的话，大约总有半个秋天，就在这样的颇有诗意的情况里度过去。我还能模模糊糊地记得：兔子才在笼里装来的时候，满院子里都挤满了花。我一闭眼，还能看到当时院子里飘动着的那一层淡淡的绿色。兔子常从屋里跑出来，到花盆缝里去玩，金鱼缸里的子午莲还仿佛从水面上突出两朵白花来。只依稀有一点影。记忆恐怕靠不大住了。随了这绿气，这金鱼缸，我又能看到靠近海棠树的涂上了红油绿油的窗子，嵌着一方不小的玻璃，上面有雨和土的痕迹。窗纸上还粘着几条蜘蛛丝，窗子里面就是我的书桌，再往里，就是床，兔子就住在床下面……这一切仿佛在眼前浮

动。但又像烟,像雾,眼睛就要幻化到空濛里去了。

我不是说大概过了有半个秋天吗?——等到院子里的花草渐渐地减少了,立刻显得很空阔。落叶却在阶下多起来,金鱼缸里也早没了水。天更蓝,更长;澹远的秋有转入阴沉的冬的样儿了。就在这样一个蓝天的早晨,我又照例俯下身子,去看兔子丢了没有。——奇怪,床下面空空的,仿佛少了什么东西似的。再仔细看,只看到两个小兔凄凉地互相偎着睡。它们的母亲跑到哪里去了呢?我立刻慌了,汗流遍了全身。本来,几天以来,大兔子的胆更大了,常常自己偷跑到天井里去。这次恐怕又是自己偷跑出去了吧。但各处,屋里,屋外,都找到了,没有影,回头又看到两个小兔子偎在我的脚下,一种莫名其妙的凄凉袭进了我的心。我哭了,我是很早就离开母亲的,我时常想到她。我感到凄凉和寂寞。看来这两个小兔子也同我一样地感到凄凉和寂寞吧。我没地方倾诉,除非在梦里,小兔子又向哪里,而且又怎样倾诉呢?——我又哭了。

起初,我还有希望,我希望大兔子会自己跑回来,蓦地给我一个大的欢喜。但是一天一天地过去,我这希望终于成了泡影。我却更爱这两个小兔子了。以前我爱它们,因为它们红亮的眼睛,雪絮似的软毛。这以后的爱里,却掺入了同情。有时我还想拿我的爱抚来弥补它们失掉母亲的悲哀。但这哪是可能的呢?眼看它们渐渐消瘦下去,在屋里跑的时候也不像以前那样轻快了,时常偎到我的脚下来。我把它们抱在怀里,也驯顺地伏着不动。当我看到它们踽踽地走开的时候,小小的心真的充满了无名的悲哀呢!

这样的情况也没能延长多久。两三天以后,我忽然发现在屋里跑着的只有一个兔子了,那个同伴到哪里去了呢?我又慌了,有各处都找到:墙隅,桌下,又在天井各处找,低声唤着,落叶在脚下窸窣地响。终于,没有影。当我看到这剩下的一个小生命孤独地踱着的时候,再听檐边秋天特有的风声,眼泪又流下来了。它在找它的母

兔子 ‖ 怀念母亲
Miss Mother

亲吗？找它的兄弟吗？为什么连叹息一声也不呢？宝石似的眼睛里也仿佛含着晶莹的泪珠了。夜里，在微明的灯光下，我不见它在床下沉睡；它只是不停地在屋里跑着。这冷硬的土地，这漫漫的秋的长夜，没有母亲，没有兄弟偎着。凄凉的冷梦萦绕着它，它怎能睡得下去呢？

第二天的早晨，天更蓝，蓝得有点古怪。小屋里照得通明，小兔在我眼前跑过的时候，洁白的茸毛上，仿佛有一点红，一闪，我再看，就在透明红润的耳朵旁边，发现一点血痕——只一点，衬了雪白的毛，更显得红艳，像鸡血石上的斑，像西天一点晚霞。我却真有点焦急了。我听人说，兔子只要见血，无论多少滴，就会死去的。这

剩下的一个没有母亲,没有兄弟的孤独的小生命也要死去的吗?我不相信,这比神话还渺茫,然而摆在眼前的却就是那一点红艳的血痕,怎样否认呢?我把它抱了起来,它仿佛也知道有什么不幸要临到它身上,只伏在我怀里,不动,放下,也不大跑了。就在这天的末尾,在黄昏的微光里,当我再伏下头去看床下的时候,除了一些白菜和豆芽以外,什么也看不到了。我各处找了找,也没找到什么。我早知道有什么事情要发生。而且,我也想:这样也倒好,不然,孤零零的一个活在世界上,得不到一点温热,在凄凉和寂寞的袭击下,这长长的一生又怎样消磨呢?我不哭,但是眼泪却流到肚子里去了,悲哀沉重地压在心头,我想到了故乡里的母亲。

就这样,半个秋天以来,在我床下面跑出跑进的三个兔子一个都不见了。我再坐在靠窗的桌子旁读书的时候,从书页上面,什么也看不到了。从有着风和雨的痕迹的玻璃窗里望出去:海棠树早落净了叶子,只剩下秃光的枝干,撑着晴晴的秋的长空。夜里,我再听到外面窸窸窣窣地响的时候,我又疑心是猫。我从蒙眬中醒转来,虽然有时也会在窗洞里看到两盏灯似的圆圆的眼睛。但是看床下的时候,却没有兔子来回地踱着了。眼一花,便会看到满地凌乱的影子,一溜黑烟,两溜白烟。再仔细看,有什么呢?什么也没有,只有暗淡的灯照澈了冷寂的秋夜,外面又窸窣地响,是雨吧?冷栗,寂寞,混上了一点轻微空漠的悲哀,压住了我的心。一切都空虚,我能再做什么样的梦呢?

老猫

李羡林

文学的 fragrance 味道

老猫虎子蜷曲在玻璃窗外窗台上一个角落里,缩着脖子,眯着眼睛,浑身一片寂寞、凄清、孤独、无助的神情。

外面正下着小雨,雨丝一缕一缕地向下飘落,像是珍珠帘子。时令虽已是初秋,但是隔着雨帘,还能看到紧靠窗子的小土山上丛草依然碧绿,毫无要变黄的样子,在万绿丛中赫然露出一朵鲜艳的红花。古诗"万绿丛中一点红",大概就是这般光景吧。这一朵小花如火似燃,照亮了浑茫的雨天。

我从小就喜爱小动物,同小动物在一起,别有一番滋味。它们天真无邪,率性而行;有吃抢吃,有喝抢喝;不会说谎,不会推诿;受到惩罚,忍痛挨打;一转眼间,照偷不误。同它们在一起,我心里感到怡然、坦然、安然、欣然。不像同人在一起那样,应对进退,谨小慎微;斟酌词句,保持距离,感到异常的别扭。

十四年前,我养的第一只猫,就是这个虎子。刚到我家来的时候,比老鼠大不了多少。蜷曲在窄狭的室内窗台上,活动的空间好像富富有余。它并没有什么特点,仅只是一只最平常的狸猫,身上有虎皮斑纹,颜色不黑不黄,并不美观。但是异于常猫的地方也有,它有两只炯炯有神的眼睛,两眼一睁,还真虎虎有虎气,因此起名叫虎子。它脾气也确实暴烈如虎。它从来不怕任何人。谁要想打它,不管是用鸡毛掸子,还是用竹竿,它从不回避,而是向前进攻,声色俱厉。得罪过它的人,它永世不忘。我的外孙打过一次,从此结仇。只要他到我家来,隔着玻璃窗子,一见人影,它就做好准备,向前进攻,爪牙并举,吼声震耳。他没有办法,在家中走动,都要手持竹竿,以防万一,否则寸步难行。有一次,一位老同志来看我,他显然是非常喜欢猫的,一见虎子,嘴里连声说着:"我身上有猫味,猫不会咬我的。"他伸手想去抚摩它,可万万没有想到,我们虎子不懂什么猫味,回头就是一口。这位老同志大惊失色。总之,到了后来,虎子无人不咬,只有我们家三个主人除外。它的"咬声"颇能耸人听闻了。

老猫 ‖ 怀念母亲
Miss Mother

但是，要说这就是虎子的全面，那也是不正确的。除了暴烈咬人以外，它还有另外一面，这就是温柔敦厚的一面。我举一个小例子。虎子来我们家以后的第三年，我又要了一只小猫，这是一只混种的波斯猫。浑身雪白，毛很长，但在额头上有一小片黑黄相间的花纹。我们家人管这只猫叫洋猫，起名咪咪；虎子则被尊为土猫。这只猫的脾气同虎子完全相反：胆小、怕人，从来没有咬过人。只有在外面跑的时候，才露出一点儿野性。它只要有机会溜出大门，但见它长毛尾巴一摆，像一溜烟似的立即窜入小山的树丛中，半天不回家。这两只猫并没有血缘关系。但是，不知道是由于什么原因，一进门，虎子就把咪咪看做是自己的亲生女儿。它自己本来没有什么奶，却坚决要给咪咪喂奶，把咪咪搂在怀里，让它咂自己的干奶头，它眯着眼睛，仿佛在享着天福。我在吃饭的时候，有时丢点鸡骨头、鱼刺，这等于猫们的燕窝、鱼翅。但是，虎子却只蹲在旁边，瞅着咪咪一只猫吃，从来不同它争食。有时还"咪噢"上两声，好像是在说："吃吧，孩子！安安静静地吃吧！"有时候，不管是春夏还是秋冬，虎子会从西边的小山上逮一些小动物，麻雀、蚱蜢、蝉、蛐蛐之类，用嘴叼着，蹲在家门口，嘴里发出一种怪声。这是猫语，屋里的咪咪，不管是睡还是醒，耸耳一听，立即跑到门后，馋涎欲滴，等着吃母亲带来的佳肴，大快朵颐。我们家人看到这样母子亲爱的情景，都由衷地感动，一致把虎子称做"义猫"。有一年，小咪咪生了两个小猫。大概是初做母亲，没有经验，正如我们圣人所说的那样："未有学养子而后嫁者也。"人们能很快学会，而猫们则不行。咪咪丢下小猫不管，虎子却大忙特忙起来，觉不睡，饭不吃，日日夜夜把小猫搂在怀里，但小猫是要吃奶的，而奶正是虎子所缺的。于是小猫暴躁不安，虎子眉头一皱，计上心来，叼起小猫，到处追着咪咪，要它给小猫喂奶。还真像一个姥姥样子，但是小咪咪并不领情，依旧不给小猫喂奶。有几天的时间，虎子不吃不喝，瞪着两只闪闪发光的眼睛，嘴里

叼着小猫,从这屋赶到那屋;一转眼又赶了回来。小猫大概真是受不了啦,便辞别了这个世界。

我看了这一出猫家庭里的悲剧又是喜剧,实在是爱莫能助,惋惜了很久。

我同虎子和咪咪都有深厚的感情。每天晚上,它们俩抢着到我床上去睡觉。在冬天,我在棉被上面特别铺上了一块布,供它们躺卧。我有时候半夜里醒来,神志一清醒,觉得有什么东西重重地压在我身上,一股暖气仿佛透过了两层棉被,扑到我的双腿上。我知道,小猫睡得正香,即使我的双腿由于僵卧时间过久,又酸又痛,但我总是强忍着,决不动一动双腿,免得惊了小猫的轻梦。它此时也许正梦着捉住了一只耗子。只要我的腿一动,它这耗子就吃不成了,岂非大煞风景吗?

这样过了几年,小咪咪大概有八九岁了。虎子比它大三岁,十一岁的光景。依然威风凛凛,脾气暴烈如故,见人就咬,大有死不改悔的神气。而小咪咪则出我意料地露出了下世的光景,常常到处小便,桌子上、椅子上、沙发上,无处不便。如果到医院里去检查的话,大夫在列举的病情中一定会有一条的:小便失禁。最让我心烦的是,它偏偏看上了我桌子上的稿纸。我正写着什么文章,然而它却根本不管这一套,跳上去,屁股往下一蹲,一泡猫尿流在上面,还闪着微弱的光。说我不急,那不是真的。我心里真急,但是,我谨遵我的一条戒律:绝不打小猫一掌,在任何情况之下,也不打它。此时,我赶快把稿纸拿起来,抖掉了上面的猫尿,等它自己干。心里又好气,又好笑,真是哭笑不得。家人对我的嘲笑,我置若罔闻,"全等秋风过耳边"。

我不信任何宗教,也不归依任何神灵。但是,此时我却有点想迷信一下。我期望会有奇迹出现,让咪咪的病情好转。可世界上是没有什么奇迹的,咪咪的病一天一天地严重起来。它不想回家,喜

老猫 ‖ 怀念母亲
Miss Mother

欢在房外荷塘边上石头缝里待着，或者藏在小山的树木丛里。它再也不在夜里睡在我的被子上了。每当我半夜里醒来，觉得棉被上轻飘飘的，我惘然若有所失，甚至有点儿悲伤了。我每天凌晨起来，第一件事情就是拿着手电到房外塘边山上去找咪咪。它浑身雪白，是很容易找到的。在薄暗中，我眼前白白地一闪，我就知道是咪咪。见了我，"咪噢"一声，起身向我走来。我把它抱回家，给它东西吃，它似乎根本没有口味。我看了直想流泪。有一次，我拖着疲惫的身子，走几里路，到海淀的肉店里去买猪肝和牛肉。拿回来，喂给咪咪，它一闻，似乎有点儿想吃的样子；但肉一沾唇，它立即又把头缩回去，闭上眼睛，不闻不问了。

有一天傍晚，我看咪咪神情很不妙，我预感要发生什么事情。我唤它，它不肯进屋。我把它抱到篱笆以内，窗台下面。我端来两只碗，一只盛吃的，一只盛水。我拍了拍它的脑袋，它偎依着我，"咪噢"叫了两声，便闭上了眼睛。我放心进屋睡觉。第二天凌晨，我一睁眼，三步并作一步，手里拿着手电，到外面去看。哎呀不好！两碗全在，猫影顿杳。我心里非常难过，说不出是什么滋味。我手持手电找遍了塘边，山上，树后，草丛，深沟，石缝。有时候，眼前白光一闪，"是咪咪！"我狂喜。走近一看，是一张白纸。我嗒然若丧，心头仿佛被挖掉了点什么。"屋前屋后搜之遍，几处茫茫皆不见。"从此我就失掉了咪咪，它从我的生命中消逝了，永远永远地消逝了。我简直像是失掉了一个好友，一个亲人。至今回想起来，我内心里还颤抖不止。

在我心情最沉重的时候，有一些通达世事的好心人告诉我，猫们有一种特殊的本领，能知道自己什么时候寿终。到了此时此刻，它们决不待在主人家里，让主人看到死猫，感到心痛，或感到悲伤。它们总是逃了出去，到一个最僻静、最难找的角落里，地沟里，山洞里，树丛里，等候最后时刻的到来。因此，养猫的人大都在家里看不

见死猫的尸体。只要自己的猫老了,病了,出去几天不回来,他们就知道,它已经离开了人世,不让举行遗体告别的仪式,永远永远不再回来了。

我听了以后,憬然若有所悟。我不是哲学家,也不是宗教家。但却读过不少哲学家和宗教家谈论生死大事的文章。这些文章多半有非常精辟的见解,闪耀着智慧的光芒,我也想努力从中学习一些有关生死的真理,结果却是毫无所得。那些文章中,除了说教以外,几乎没有什么有用的东西。大半都是老生常谈,不能解决什么实际问题,没能给我留下深刻的印象。现在看来,倒是猫们临终时的所作所为,即使仅仅是出于本能吧,却给了我很大的启发。人们难道

老猫 ‖ 怀念母亲
Miss Mother

就不应该向猫们学习这一点经验吗?有生必有死,这是自然规律,谁都逃不过。中国历史上的赫赫有名的人物,秦皇、汉武,还有唐宗,想方设法,千方百计,想求得长生不老。到头来仍然是竹篮子打水一场空,只落得黄土一抔,"西风残照,汉家陵阙"。我辈平民百姓又何必煞费苦心呢?一个人早死几个小时,或者晚死几个小时,甚至几天,实在是无所谓的小事,绝影响不了地球的转动,社会的前进。再退一步想,现在有些思想开明的人士,不想长生不老,不想在大地上再留黄土一抔;甚至开明到不要遗体告别,不要开追悼会。但是仍会给后人留下一些麻烦:登报,发讣告,还要打电话四处通知,总得忙上一阵。何不学一学猫们呢?它们这样处理生死大事,干得何等干净利索呀!一点痕迹也不留,走了,走了,永远地走了,让这花花世界的人们不见猫尸,用不着落泪,照旧做着花花世界的梦。

  我忽然联想到我多次看过的敦煌壁画上的西方净土变。所谓"净土",指的就是我们常说的天堂、乐园,是许多宗教信徒烧香念佛,查经祷告,甚至实行苦行,折磨自己,梦寐以求想到达的地方。据说在那里可以享受天福,得到人世间万万得不到的快乐。我看了壁画上画的房子、街道、树木、花草,以及大人、小孩,林林总总,觉得十分热闹。可我觉得没有什么出奇之处。只有一件事给我留下了永不磨灭的印象,那就是,那里的人们都是笑口常开,没有一个人愁眉苦脸,他们的日子大概过得都很惬意。不像在我们人间有这样许多不如意的事情,有时候办点儿事,还要找后门,钻空子。在他们的商店里——净土里面还实行市场经济吗?他们还用得着商店吗?——售货员大概都很和气,不给人白眼,不训斥"上帝",不扎堆闲侃,不给人钉子碰。这样的天堂乐园,我也真是心向往之的。但是给我印象最深,使我最为吃惊或者羡慕的还是他们对待要死的人的态度。那里的人,大概同人世间的猫们差不多,能预先知道自己寿终的时刻。到了此时,要死的老嬷嬷或者老头,健步如飞地

走在前面，身后簇拥着自己的子子孙孙、至亲好友，个个喜笑颜开，全无悲戚的神态，仿佛是去参加什么喜事一般，一直把老人送进坟墓。后事如何，壁画不是电影，是不能动的。然而画到这个程序，以后的事尽在不言中。如果一定要画上填土封坟，反而似乎是多此一举了。我觉得，净土中的人们给我们人类争了光。他们这一手比猫们又漂亮多了。知道必死，而又兴高采烈，多么豁达！多么聪明！猫们能做得到吗？这证明，净土里的人们真正参透了人生奥秘，真正参透了自然规律。人为万物之灵，他们为我们人类在同猫们对比之下真真增了光！真不愧是净土！

　　上面我胡思乱想得太远了，还是回到我们人世间来吧。我坦白承认，我对人生的奥秘参透得还不够，我对自然规律参透得也还不够，我仍然十分怀念我的咪咪。我心里仿佛有一个空白，非填起来不行。我一定要找一只同咪咪一模一样的白色波斯猫。后来果然朋友又送来了一只，浑身长毛，洁白如雪，两只眼睛全是绿的，亮晶晶像两块绿宝石。为了纪念死去的咪咪，我仍然为它命名"咪咪"，见了它，就像见到老咪咪一样。过了大约又有一年的光景，友人又送了我一只据说是纯种的波斯猫，两只眼睛颜色不同，一黄一蓝。在太阳光下，黄的特别黄，蓝的特别蓝，像两颗黄蓝宝石，闪闪发光，竞妍争艳。这只猫特别调皮，简直是胆大无边，然而也因此就更特别可爱。这一下子又忙坏了虎子，它认为这两只小猫都是自己的亲生女儿，硬逼着它们吮吸自己那干瘪的奶头。只要它走出去，不知在什么地方弄到了小鸟、蚱蜢之类，就带回家来，给两只小猫吃。好久没有听到的"咪噢"唤小猫的声音，现在又听到了，我心里漾起了一丝丝甜意。这大大地减轻了我对老咪咪的怀念。

　　可是岁月不饶人，也不会饶猫的。这一只"土猫"虎子已经活到十四岁。据通达世情的人们说，猫的十四岁，就等于人的八九十岁。这样一来，我自己不是成了虎子的同龄"人"了吗？这个虎子却也真

老猫 ‖ 怀念母亲
Miss Mother

怪。有时候,颇现出一些老相。两只炯炯有神的眼睛里忽然被一层薄膜蒙了起来,嘴里流出了哈喇子,胡子上都沾得亮晶晶的。不大想往屋里来,日日夜夜扒在阳台上蜂窝煤堆上,不吃,不喝。我有了老咪咪的经验,知道它快不行了。我也跑到海淀,去买来牛肉和猪肝,想让它不要饿着肚子离开这个世界,我随时准备着:第二天早晨一睁眼,虎子不见了。结果虎子并没有这样干。我天天凌晨第一件事就是来看虎子,隔着窗子,依然黑糊糊的一团,卧在那里。我心里感到安慰。有时候,它也起来走动了。我在本文开头时写的就是去年深秋一个下雨天我隔窗看到的虎子的情况。

到了今天,半年又过去了。虎子不但没有走,而且顽健胜昔,仍然是天天出去。有时候在晚上,窗外的布帘子的一角蓦地被掀了起来,一个丑角似的三花脸一闪。我便知道,这是虎子回来了,连忙开门,放它进来。大概同某一些老年人一样——不是所有的老年人——到了暮年就改恶向善,虎子的脾气大大地改变了,几乎再也不咬人了。我早晨摸黑起床,写作看书累了,常常到门外湖边山下去走一走。此时,我冷不防脚下忽然踢着了一团软乎乎的东西,这是虎子。它在夜里不知道在什么地方待了一夜,现在看到了我,一下子蹿了出来,用身子蹭我的腿,在我身前和身后转悠。它跟着我,亦步亦趋,我走到哪里,它就跟到哪里,寸步不离。我有时故意爬上小山,以为它不会跟来了,然而一回头,虎子正跟在身后。猫是从来不跟人散步的,只有狗才这样干。有时候碰到过路的人,他们见了这情景,都大为吃惊。"你看猫跟着主人散步哩!"他们说,露出满脸惊奇的神色。最近一个时期,虎子似乎更精力旺盛了,它返老还童了。有时候竟带一个它重孙辈的小公猫到我们家阳台上来。"今夜我们相识",虎子用不着介绍就相识了。看样子,虎子一去不复返的日子遥遥无期了。我成了拥有三只猫的家庭的主人。

我养了十几年猫,前后共有四只。猫们向人们学习什么,我不

通猫语,无法询问。我作为一个人却确实向猫学习了一些有用的东西。上面讲过的对处理死亡的办法,就是一个例子。我自己毕竟年纪已经很大了,常常想到死的问题。鲁迅五十多岁就想到了,我真是瞠乎后矣。人生必有死,这是无法抗御的。而且我还认为,死也是好事情。如果世界上的人都不死,连我们的轩辕老祖和孔老夫子今天依然峨冠博带,坐着奔驰车,到天安门去遛弯儿,你想人类世界会成一个什么样子!人是百代的过客,总是要走过去的,这绝不会影响地球的转动和人类社会的进步。每一代人都只是一场没有终点的长途接力赛的一环。前不见古人,后不见来者,是宇宙常规。人老了要死,像在净土里那样,应该算是一件喜事。老人跑完了自己的一棒,把棒交给后人,自己要休息了,这是正常的。不管快慢,他们总算跑完了一棒,总算对人类的进步做出了贡献,总算尽上了自己的天职。年老了要退休,这是身体精神状况所决定的,不是哪个人能改变的。老人们会不会感到寂寞呢?我认为,会的。但是我却觉得,这寂寞是顺乎自然的,从伦理的高度来看,甚至是应该的。我始终主张,老年人应该为青年人活着,而不是相反。青年人有接力棒在手,世界是他们的,未来是他们的,希望是他们的。吾辈老年人的天职是尽上自己仅存的精力,帮助他们前进,必要时要躺在地上,让他们踏着自己的躯体前进,前进。如果由于害怕寂寞而学习《红楼梦》里的贾母,让一家人都围着自己转,这不但是办不到的,而且从人类前途利益来看是犯罪的行为。我说这些话,也许有人怀疑,我是不是碰到了什么不如意的事,才说出这样令某些人骇怪的话来。不,不,绝不。我现在身体顽健,家庭和睦,在社会上广有朋友,每天照样读书、写作、会客、开会不辍。我没有不如意的事情,也没有感到寂寞。不过自己毕竟已逾耄耋之年,面前的路有限了,不免有时候胡思乱想。而且,我同猫们相处久了,觉得它们有些东西确实值得我们学习,我们这些万物之灵应该屈尊一下,学习学习。即使只学到猫们处

老猡 ‖ 怀念母亲
Miss Mother

理死亡大事这一手,我们社会上会减少多少麻烦呀!

"那么,你是不是准备学习呢?"我仿佛听到有人这样质问了,是的,我心里是想学习的。不过也还有些困难。我没有猫的本能,我不知道自己的大限何时来到。而且我还有点担心。如果我真正学习了猫,有一天忽然偷偷地溜出了家门,到一个旮旯里、树丛里、山洞里、河沟里,一头钻进去,藏了起来,这样一来,我们人类社会可不像猫社会那样平静,有些人必然认为这是特大新闻,指手划脚,喊喊喳喳。如果是在旧社会里或者在今天的香港等地的话,这必将成为头版头条的爆炸性新闻,不亚于当年的杨乃武和小白菜。我的亲属和朋友也必将派人出去寻找,派的人也许比寻找彭加木①的人还要多。这是多么可怕的事呀!因此我就迟疑起来。至于最后究竟何去何从?我正在考虑、推敲、研究。

---

① 彭加木(1925-1980),著名科学家,1979年任新疆科学院副院长。1980年5月,他带领一支综合考察队赴新疆罗布泊,6月17日,独自一人到沙漠里找水,不幸失踪。多年来,官方和民间曾多次发起寻找,均无收获。

母与子

母与子 ‖ 怀念母亲
Miss Mother

一想到故乡,就想到一个老妇人。我自己也觉得奇怪:干皱的面纹,霜白的乱发,眼睛因为流泪多了镶着红肿的边,嘴瘪了进去。这样一张面孔,看了不是很该令人不适意的吗?为什么它总霸占住我的心呢?但是再一想到,我是在怎样的一个环境里遇到了这老妇人,便立刻知道,她不但现在霸占住我的心,而且要永远地霸占住了。

现在回忆起来,还恍如眼前的事。去年的初秋,因为母亲的死,我在火车里闷了一天,在长途汽车里又颠荡了一天以后,又回到八年没曾回过的故乡去。现在已经不能确切地记得是什么时候,只记得才到故乡的时候,树丛里还残留着一点浮翠,当我离开的时候就只有淡远的长天下一片凄凉的黄雾了。就在这浮翠里,我踏上印着自己童年游踪的土地。当我从远处看到自己的在烟云笼罩下的小村的时候,想到死去的母亲就躺在这烟云里的某一个角落里,我不能描写我的心情。像一团烈焰在心里烧着,又像严冬的厚冰积在心头。我迷惘地撞进了自己的家,在泪光里看着一切都在浮动。我更不能描写当我看到母亲的棺材时的心情。几次在梦里接受了母亲的微笑,现在微笑的人却已经睡在这木匣子里了。有谁有过同我一样的境遇的么?他大概知道我的心是怎样地绞痛了。我哭,我哭到一直不知道自己是在哭。渐渐地听到四周有嘈杂的人声围绕着我,似乎都在劝解我,都叫着我的乳名,自己听了,在冰冷的心里也似乎得到了点温热。又经过了许久,我才睁开眼,看到了许多以前熟悉现在都变了但也还能认得出来的面孔。除了自己家里的大娘婶子以外,我就看到了这个老妇人:干皱的面纹,霜白的乱发,眼睛因为流泪多了镶着红肿的边,嘴瘪了进去……

她就用这瘪了进去的嘴,一凹一凹地似乎对我说着什么话。我只听到絮絮的扯不断拉不断仿佛念咒似的低声,并没有听清她对我说的什么。等到阴影渐渐地从窗外爬进来,我从窗棂里看出去,小

院里也织上了一层朦胧的暗色。我似乎比以前清楚了点,看到眼前仍然挤着许多人。在阴影里,每个人摆着一张阴暗苍白的面孔,却看不到这一凹一凹的嘴了。一打听,才知道,她就是同村的算起来比我长一辈的,应该叫做大娘之流的在我小时候也曾抱我玩过的一个老妇人。

以后,我过的是一个极端痛苦的日子。母亲的死使我对一切都灰心。以前也曾自己吹起过幻影:怎样在十几年的漂泊生活以后,回到故乡来,听到母亲的一声含有温热的呼唤,仿佛饮一杯甘露似的,给疲惫的心加一点生气,然后再冲到人世里去。现在这幻影终于证实了是个幻影。我现在是处在怎样一个环境里呢?寂寞冷落的屋里,墙上满布着灰尘和蛛网,正中放着一个大而黑的木匣子。这匣子装走了我的母亲,也装走了我的希望和幻影。屋外是一个用黄土堆成的墙围绕着的天井。墙上已经有了几处倾地的缺口,上面长着乱草。从缺口里看出去是另一片黄土的墙,黄土的屋顶,黄土的街道,接连着枣树林里的一片淡淡的还残留着点绿色的黄雾,枣林的上面是初秋阴沉的也有点黄色的长天。我的心也像这许多黄的东西一样地黄,也一样地阴沉。一个丢掉希望和幻影的人,不也正该丢掉生趣吗?

我的心,虽然像黄土一样地黄,却不能像黄土一样地安定。我被圈在这样一个小的天井里,天井的四周都栽满了树,榆树最多,也有桃树和梨树。每棵树上都有母亲亲自砍伐的痕迹。在给烟熏黑了的小厨房里,还有母亲没死前吃剩的半个茄子,半棵葱。吃饭用的碗筷,随时用的手巾,都印有母亲的手泽和口泽。在地上的每一块砖上,每一块土上,母亲在活着的时候每天不知道要踏过多少次。这活着,并不渺远,一点儿都不;只不过是十天前。十天算是怎样短的一个时间呢?然而不管怎样短,就在十天后的现在,我却只看到母亲躺在这黑匣子里。看不到,永远也看不到,母亲的身影再

母与子 ‖ 怀念母亲
Miss Mother

在榆树和桃树中间，在这砖上，在黄的墙，黄的枣林，黄的长天下游动了。

虽然白天和夜仍然交替着来，我却只觉到有夜。在白天，我有颗夜的心。在夜里，夜长，也黑，长得莫明其妙，黑得更莫明其妙；更黑的还是我的心。我枕着母亲枕过的枕头，想到母亲在这枕头上想到她儿子的时候不知道流过多少泪，现在却轮到我枕着这枕头流泪了。凄凉零乱的梦萦绕在我的四周，我睡不熟。在蒙眬里睁开眼睛，看到淡淡的月光从门缝里流进来，反射在黑漆的棺材上的清光。在黑影里，又浮起了母亲的凄冷的微笑。我的心在战栗，我渴望着天明。但夜更长，也更黑。这漫漫的长夜什么时候过去呢？我什么时候才能看到天光呢？

时间终于慢慢地走过去。白天里悲痛袭击着我，夜里黑暗压住了我的心。想到故都学校里的校舍和朋友，恍如回望云天里的仙阙，又像捉住了一个荒诞的古代的梦。眼前仍然是一片黄土色，每天接触到的仍然是一张张阴暗灰白的面孔。他们虽然都用天真又单纯的话和举动来对我表示亲热，但他们哪能了解我这一腔的苦水呢？我感觉到寂寞。

就在这时候，这老妇人每天总到我家里来看我。仍然是干皱的面纹，霜白的乱发，眼睛镶着红肿的边，嘴瘪了进去。就用这瘪了进去的嘴一凹一凹地絮絮地说着话，以前我总以为她说的不过是同别人一样的劝解我的话，因为我并没曾听清她说的什么。现在听清了，才知道这一凹一凹的嘴里发出的并不是我想的那些话。她老向我问着外面的事情，尤其很关心地问着军队的事情，对于我母亲的死却一句也不提。我很觉得奇怪。我不明了她的用意。我在当时那种心情之下，有什么心绪同她闲扯呢？当她絮絮地扯不断拉不断地仿佛念咒似的说着话的时候，我仍然看到母亲的面影在各处飘，在榆树旁，在天井里，在墙角的阴影里。寂寞和悲哀仍然霸占住我的心。我

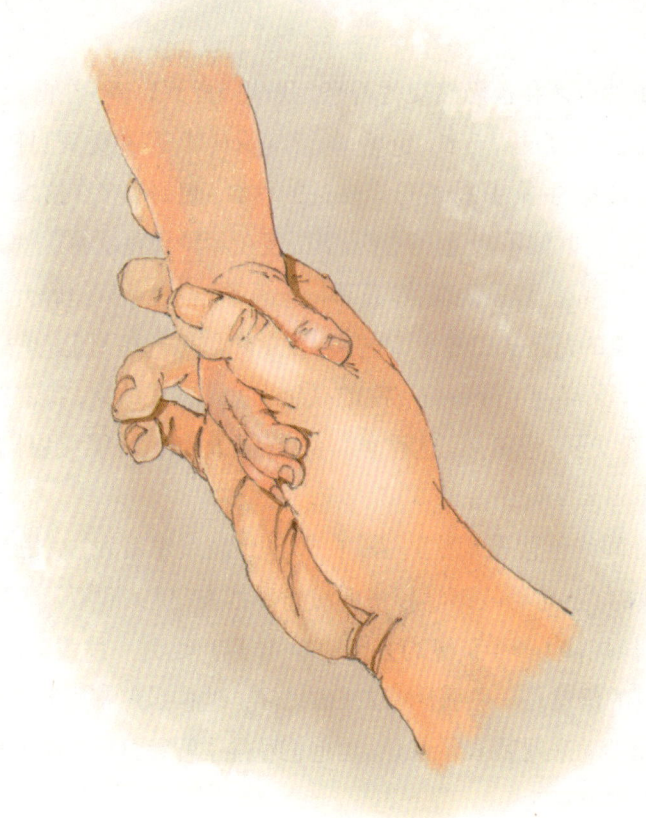

有时也答应她一两句。她于是就絮絮地说下去,说,她怎样有一个儿子,她的独子,三年前因为在家里没饭吃,偷跑了出去当兵。去年只接到了他的一封信,说是不久就要开到不知道哪里去打仗。到现在又一年没信了。留下一个媳妇和一个孩子(说着指了指偎在她身旁的一个肮脏的拖着鼻涕的小孩)。家里又穷,几年来年成又不好,媳妇时常哭……问我知道不知道他在什么地方。说着,在叹了几口气以后,晶莹的泪点顺着干皱的面纹流下来,流过一凹一凹的嘴。落到地上去了。我知道,悲哀怎样啃着这老妇人的心。本来需要安慰的我也只好反过头来,安慰她几句,看她领着她的孙子沿着黄土的路

母与子 ‖ 怀念母亲
Miss Mother

踽踽地走去的渐渐消失的背影。

　　接连着几天的过午,她总领着她孙子来看我。她这孙子实在不高明,肮脏又淘气。他死死地缠住她,但是她却一点都不急躁。看着她孙子的拖着鼻涕的面孔,微笑就浮在她这瘪了进去的嘴旁。拍着他,嘴里哼着催眠曲似的歌。我知道,这单纯的老妇人怎样在她孙子身上发现了她儿子。她仍然絮絮地问着我,关于外面军队里的事情,问我知道她儿子在什么地方不。我也很想在谈话间隔的时候,问她一问我母亲活着时的情形,好使我这八年不见面的渴望和悲哀的烈焰消熄一点。她却只"唔唔"两声支吾过去,仍然絮絮地扯不断拉不断地仿佛念咒似的自己低语着,说她儿子小的时候怎样淘气,有一次,他打碎一个碗,她打了他一掌,他哭得真凶呢。大了怎样不正经做活。说到高兴的地方,也有一线微笑掠过这干皱的脸。最后,又问我知道她儿子在什么地方不。我发现了这老妇人出奇的固执,我只好再安慰她两句。在黄昏的微光里,送她出去,眼看着她领着她的孙子在黄土道上踽踽地凄凉地走去,暮色压在她的微驼的背上。

　　就这样,有几个寂寞的过午和黄昏就度过了。间或有一两天,这老妇人因为有事没来看我。我自己也受不住寂寞的袭击,常出去走走。紧靠着屋后是一个大坑,汪洋一片水,有外面的小湖那样大。是秋天,前面已经说过。坑里丛生着的芦草都顶着白茸茸的花,望过去,像一片银海。芦花的里面是水。从芦花稀处,也能看到深碧的水面,我曾整个过午坐在这水边的芦花丛里,看水面反射的静静的清光。间或有一两条小鱼冲出水面来哢喋着。一切都这样静。母亲的面影仍然浮动在我眼前。我想到童年时候怎样在这里洗澡;怎样在夏天里,太阳出来以前,水面还发着蓝黑色的时候,沿着坑边去摸鸭蛋;倘若摸到一个的话,拿给母亲看的时候,母亲的微笑怎样在当时的童稚的心灵里开成一朵花;怎样又因为淘气,被母亲在后面

追打着,当自己被逼紧了跳下水去站在水里回头看岸上的母亲的时候,母亲却因了这过分顽皮的举动,笑了,自己也笑。……然而这些美丽的回忆,却随了母亲给死吞噬了去,只剩了一把两把的眼泪。我要问,母亲怎么会死了?我究竟是什么东西?但一切都这样静。我眼前闪动着各种的幻影。芦花流着银光,水面上反射着青光,夕阳的残晖照在树梢上发着金光。这一切都混杂地搅动在我眼前,像一串串的金星,又像迸发的火花。里面仍然闪动着母亲的面影,也是一串串的——我忘记了自己,忘记了一切,像浮在一个荒诞的神话里,踏着暮色走回家了。

有时候,我也走到场里去看看。豆子谷子都从田地里用牛车拖了来,堆成一个个小山似的垛。有的也摊开来在太阳里晒着。老牛拖着石碾在上面转,有节奏地摆动着头。驴子也摇着长耳朵在拖着车走。在正午的沉默里,只听到豆荚在阳光下开裂时毕剥的响声和柳树下老牛的喘气声。风从割净了庄稼的田地里吹了来,带着土的香味。一切都沉默。这时候,我又往往遇到这个老妇人,领着她的孙子,从远远的田地里顺着一条小路走了来,手里间或拿着几支玉蜀黍秸,霜白的发被风吹得轻微地颤动着。一见了我,立刻红肿的眼睛里也仿佛有了光辉,站住便同我说起话来。嘴一凹一凹地说过了几句话以后,立刻转到她的儿子身上。她自己又低着头絮絮地扯不断拉不断地仿佛念咒似的说起来。又说到她儿子小的时候怎样淘气。有一次他摔碎了一个碗,她打了他一掌,他哭得真凶呢。他大了又怎样不正经做活。说到高兴的地方,干皱的脸上仍然浮起微笑。接着又问到我外面军队上的情形,问我知道他在什么地方、见过他没有。她还要我保证,他不会被人打死的。我只好再安慰安慰她,说我可以带信给他,叫他回家来看她。我看到她那一凹一凹的干瘪的嘴旁又浮起了微笑。旁边看的人,一听到她又说这一套,早走到柳荫下看牛去了。我打发她回家去,仍然让沉默笼罩着这正午的场。

母与子 ‖ 怀念母亲
Miss Mother

这样也终于没能延长多久。在由一个乡间的阴阳先生按着什么天干地支找出的所谓"好日子"的一天，我从早晨就穿了白布袍子，听着一个人的暗示。他暗示我哭，我就伏在地上咧开嘴嚎啕地哭一阵。正哭得淋漓的时候，他忽然暗示我停止，我也只好立刻收了泪。在收了泪的时候，就又可以从泪光里看来来往往的各样的吊丧的人，也就嚎啕过几场，又被一个人牵着东走西走。跪下又站起，一直到自己莫名其妙，这才看到有几十个人去抬母亲的棺材了。这里，我不愿意，实在是不可能，说出我看到母亲的棺材被人抬动时的心痛。以前母亲的棺材在屋里，虽然死仿佛离我很远，但只隔一层木板里面就躺着母亲，现在却被抬到深的永恒黑暗的洞里去了。我脑筋里有点糊涂，跟了棺材沿着坑走过了一段长长的路，到了墓地。又被拖着转了几个圈子……不知怎样脑筋里一闪，却已经给人拖到家里来了。又像我才到家时一样，渐渐听到四周有嘈杂的人声围绕着我，似乎又在说着同样的话。过了一会，我才听到有许多人都说着同样的话。里面杂着絮絮地扯不断拉不断的仿佛念咒似的低语。我听出是这老妇人的声音，但却听不清她说的什么，也看不到她那一凹一凹的嘴了。

在我清醒了以后，我看到的是一个变过的世界。尘封的屋里，没有了黑亮的木匣子。我觉得一切都空虚寂寞。屋外的天井里，残留在树上的一点浮翠也消失到不知哪儿去了。草已经都转成黄色，耸立在墙头上，在秋风里打颤。墙外一片黄土的墙更黄；黄土的屋顶，黄土的街道也更黄；尤其黄的是枣林里的一片黄雾，接连着更黄更黄的阴沉的秋的长天。但顶黄顶阴沉的却仍然是我的心。一个对一切都感到空虚和寂寞的人，不也正该丢掉希望和幻影吗？

又走近了我的行期。在空虚和寂寞的心上，加上了一点儿绵绵的离情。我想到就要离开自己漂泊的心所寄托的故乡，以后，闻不到土的香味，看不到母亲住过的屋子、母亲的墓，也踏不到母亲曾经

踏过的地。自己心里说不出是什么味。在屋里觉得窒息,我只好出去走走。沿着屋后的大坑踱着,看银耀的芦花在过午的阳光里闪着光,看天上的流云,看流云倒在水里的影子。一切又都这样静。我看到这老妇人从穿过芦花丛的一条小路上走了来。霜白的乱发,衬着霜白的芦花,一片辉耀的银光。极目苍茫微明的云天在她身后伸展出去。在云天的尽头,还可以看到一点点的远村。这次没有领着她的孙子,神气也有点儿匆促,但掩不住干皱的面孔上的喜悦。手里拿着有点红颜色的东西,递给我,是一封信。除了她儿子的信以外,她从没接到过别人的信。所以,她虽然不认字,也可以断定这是她儿子的信。因为村里人没有能念信的,于是赶来找我。她站在我面前,脸上充满了微笑,红肿的眼里也射出喜悦的光。瘪了进去的嘴仍然一凹一凹地动着,但却没有絮絮的念咒似的低语了。信封上的红线因为淋过雨扩成淡红色的水痕。看邮戳,却是半年前在河南南部一个做过战场的县城里寄出的。地址也没写对,所以经过许多时间的辗转,但也居然能落到这老妇人手里。我的空虚的心里,也因了这奇迹,有了点生气。拆开看,寄信人却不是她儿子,是另一个同村的跑去当兵的。大意说,她儿子已经阵亡了。请她找一个人去运回他的棺材。我的手战栗起来,这不正给这老妇人一个致命的打击吗?我抬眼又看到她脸上抑压不住的微笑,我知道这老人是怎样切望得到一个好消息。我也知道,倘若我照实说出来,会有怎样一幅悲惨的景象展开在我眼前。我只好对她说,她儿子现在很好,已经升了官,不久就可以回家来看她。她喜欢得流下眼泪来,嘴一凹一凹地动着,她又扯不断拉不断地絮絮地对我说起来,不厌其详地说到她儿子各样的好处:怎样她昨天夜里还做了一个梦,梦着他回来。我看到这老妇人把信揣在怀里转身走去的渐渐消失的背影,我再能说什么话呢?

第二天,我便离开我故乡里的小村。临走,这老妇人又来送我,

母与子 ‖ 怀念母亲
Miss Mother

领着她的孙子,脸上堆满了笑意。她不管别人在说什么话,总絮絮地扯不断拉不断地仿佛念咒似的自己低语着,不厌其详地说到她儿子的好处,怎样她昨天夜里还做了一个梦,梦见她儿子回来。她儿子已经升成了官了;嘴一凹一凹地急促地动着。我身旁的送行人的脸色渐渐有点露出不耐烦,有的也就躲开了。我偷偷地把这信的内容告诉别人,叫他在我走了以后慢慢地转告给这老妇人,或者简直就不告诉她。因为,我想,好在她不会再有许多年的活头,让她抱住一个希望到坟墓里去吧。当我离开这小村的一霎那,我还看到这老妇人的眼里的喜悦的光辉,干皱的面孔上浮起的微笑……

不一会儿,回望自己的小村,早在云天苍茫之外,触目尽是长天下一片凄凉的黄雾了。

在颠簸的汽车里,在火车里,在驴车里,我仍然看到这圣洁的光辉,圣洁的微笑,那老妇人手里拿着的那封信。我知道,正像装走了母亲的大黑匣子装走了我的希望和幻影,这封信也装走了她的希望和幻影。我却又把这希望和幻影替她拴在上面,虽然不知道能拴得久不。

经过了萧瑟的深秋,经过了阴暗的冬,看死寂凝定在一切东西上,现在又来了春天。回想故乡的小村,正像在故乡里回想到故都一样。恍如回望云天里的仙阙,又像捉住了一个荒诞的古代的梦了。这个老妇人的面孔总在我眼前盘桓:干皱的面纹,霜白的乱发,眼睛因为流泪多了镶着红肿的边,嘴瘪了进去。又像看到她站在我面前,絮絮地扯不断拉不断地仿佛念咒似的低语着,嘴一凹一凹地在动。先仿佛听到她向我说,她儿子小的时候怎样淘气,怎样有一次他摔碎了一个碗,她打了他一巴掌,他哭。又仿佛看到她手里拿着一封雨水渍过的信,脸上堆满了微笑,说到她儿子的好处,怎样她做了一个梦,梦着他回来……然而,我却一直没接到故乡里的来信。我不知道别人告诉她儿子已经死了没有,倘若她仍然不知道的话,她愿意把自己的喜悦

说给别人,却没有人愿意听。没有我这样一个忠实的听者,她不感到寂寞吗?倘若她已经知道了,我能想象,大的晶莹的泪珠从干皱的面纹里流下来,她这瘪了进去的嘴一凹一凹地,她在哭,她又哭晕了过去……不知道她现在还活在人间没有?——我们同样都是被厄运踏在脚下的苦人,当悲哀正在啃着我的心的时候,我怎忍再看你那老泪浸透你的面孔呢?请你不要怨我骗你吧,我为你祝福!

1934年4月1日

神奇的丝瓜

今年春天，孩子们在房前空地上，斩草挖土，开辟出来了一个一丈见方的小花园。周围用竹竿扎了一个篱笆，移来了一棵玉兰花树，栽上了几株月季花，又在竹篱下面随意种上了几棵扁豆和两棵丝瓜。土壤并不肥沃，虽然也铺上了一层河泥，但估计不会起很大的作用，大家不过是玩玩而已。

过了不久，丝瓜竟然长了出来，而且日益茁壮、长大。这当然增加了我们的兴趣，但是我们也并没有过高的期望。我自己每天早晨工作疲倦了，常到屋旁的小土山上走一走，站一站，看看墙外马路上的车水马龙和亚运会招展的彩旗，顾而乐之，只不过顺便看一看丝瓜罢了。

丝瓜是普通的植物，我也并没有想到会有什么神奇之处。可是忽然有一天，我发现丝瓜秧爬出了篱笆，爬上了楼墙。以后，每天看丝瓜，总比前一天向楼上爬了一大段；最后竟从一楼爬上了二楼，又从二楼爬上了三楼。说它每天长出半尺，决非夸大之词。丝瓜的秧不过像细绳一般粗，如不注意，连它的根在什么地方，都找不到。这样细的一根秧竟能在一夜之间输送这样多的水分和养料，供应前方，使得上面的叶子长得又肥又绿，爬在灰白色的墙上，一片浓绿，给土墙增添了无量活力与生机。

这当然让我感到很惊奇，我的兴趣随之大大地提高。每天早晨看丝瓜成了我的主要任务，爬小山反而成为次要的了。我往往注视着细细的瓜秧和浓绿的瓜叶，陷入沉思，想得很远，很远……

又过了几天，丝瓜开出了黄花。再过几天，有的黄花就变成了小小的绿色的瓜。瓜越长越长，越长越大，重量当然也越来越增加，最初长出的那一个小瓜竟把瓜秧坠下来了一点，直挺挺地悬垂在空中，随风摇摆。我真是替它担心，生怕它经不住这一份重量，会整个地从楼上坠了下来落到地上。

然而不久就证明了，我这种担心是多余的。最初长出来的瓜不

神奇的丝瓜 ‖ 怀念母亲
Miss Mother

再长大,仿佛得到命令停止了生长。在上面,在三楼一位一百零二岁的老太太的窗外窗台上,却长出来了两个瓜。这两个瓜后来居上,发疯似的猛长,不久就长成了小孩胳膊一般粗了。这两个瓜加起来恐怕有五六斤重。那一根细秧怎么能承担得住呢?我又担心起来。没过几天,事实又证明了我是杞人忧天。两个瓜不知从什么时候忽然弯了起来,把躯体放在老太太的窗台上,从下面看上去,活像两个粗大弯曲的绿色牛角。

不知道从哪一天起,我忽然又发现,在两个大瓜的下面,在二三楼之间,在一根细秧的顶端,又长出来了一个瓜,垂直地悬在那

里。我又犯了担心病：这个瓜上面够不到窗台，下面也是空空的；总有一天，它越长越大，会把和上面的两个大瓜也坠了下来，一起坠到地上，落叶归根，同它的根部聚合在一起。

然而今天早晨，我却看到了奇迹。同往日一样，我习惯地抬头看瓜：下面最小的那一个早已停止生长，孤零零地悬在空中，似乎一点分量都没有；上面老太太窗台上那两个大的，似乎长得更大了，威武雄壮地压在窗台上；中间的那一个却不见了。我看看地上，没有看到掉下来的瓜。等我倒退几步抬头再看时，却看到那一个我认为失踪了的瓜，平着身子躺在抗震加固时筑上的紧靠楼墙凸出的一个台子上。这真让我大吃一惊。这样一个原来垂直悬在空中的瓜怎么忽然平身躺在那里了呢？这个凸出的台子无论是从上面还是从下面都是无法上去的，绝不会有人把丝瓜摆平的。

我百思不得其解，徘徊在丝瓜下面，像达摩老祖一样，面壁参禅，我仿佛觉得这棵丝瓜有了思想，它能考虑问题，而且还有行动，它能让无法承担重量的瓜停止生长；它能给处在有利地形的大瓜找到承担重量的地方，给这样的瓜特殊待遇，让它们疯狂地长；它能让悬垂的瓜平身躺下。如果不是这样的话，无论如何也无法解释我上面谈到的现象。但是，如果真是这样的话，又实在令人难以置信。丝瓜用什么来思想呢？丝瓜靠什么来指导自己的行动呢？上下数千年，纵横几万里，从来也没有人说过，丝瓜会有思想。我左考虑，右考虑，越考虑越糊涂。我无法同丝瓜对话，这是一个沉默的奇迹。瓜秧仿佛成了一根神秘的绳子，绿叶上照旧浓翠扑人眉宇。我站在丝瓜下面，陷入梦幻。而丝瓜则似乎心中有数，无言静观，它怡然泰然悠然坦然，仿佛含笑面对秋阳。

1990年10月9日

槐花

文学的 fragrance 味道

　　自从移家朗润园,每年在春夏之交的时候,我一出门向西走,总是清香飘拂,溢满鼻官。抬眼一看,在流满了绿水的荷塘岸边,在高高低低的土山上面。就能看到成片的洋槐,满树繁花,闪着银光;花朵缀满高树枝头,开上去,开上去,一直开到高空,让我立刻想到在新疆天池上看到的白皑皑的万古雪峰。

　　这种槐树在北方是非常习见的树种。我虽然也陶醉于氤氲的香气中,但却从来没有认真注意过这种花树——惯了。

槐花 ‖ 怀念母亲
Miss Mother

有一年,也是在这样春夏之交的时候,我陪一位印度朋友参观北大校园。走到槐花树下,他猛然用鼻子吸了吸气,抬头看了看,眼睛瞪得又大又圆。我从前曾看到一幅印度人画的人像,为了夸大印度人眼睛之大,他把眼睛画得扩张到脸庞的外面。这一回我真仿佛看到这一位印度朋友瞪大了的眼睛扩张到了面孔以外来了。

"真好看呀!这真是奇迹!"

"什么奇迹呀?"

"你们这样的花树。"

"这有什么了不起呢?我们这里多得很。"

"多得很就不了不起了吗?"

我无言以对,看来辩论下去已经毫无意义了。可是他的话却对我起了作用:我认真注意槐花了,我仿佛第一次见到它,非常陌生,又似曾相识。我在它身上发现了许多新的以前从来没有发现的东西。

在沉思之余,我忽然想到,自己在印度也曾有过类似的情景。我在海德拉巴看到耸人云天的木棉树时,也曾大为惊诧。碗口大的红花挂满枝头,殷红如朝阳,灿烂似晚霞,我不禁大为慨叹:

"真好看呀!简直神奇极了!"

"什么神奇?"

"这木棉花。"

"这有什么神奇呢?我们这里到处都有。"

陪伴我们的印度朋友满脸迷惑不解的神气。我的眼睛瞪得多大,我自己看不到。现在到了中国,在洋槐树下,轮到印度朋友(当然不是同一个人)瞪大眼睛了。

在我们的日常生活中,我们都有这样一个经验:越是看惯了的东西,便越是习焉不察,美丑都难看出。这种现象在心理学上是容易解释的:一定要同客观存在的东西保持一定的距离,才能客观地去观察。难道我们就不能有意识地去改变这种习惯吗?难道我们就不能

永远用新的眼光去看待一切事物吗?

我想自己先试一试看,果然有了神奇的效果。我现在再走过荷塘看到槐花,努力在自己的心中制造出第一次见到的幻想,我不再熟视无睹,而是尽情地欣赏。槐花也仿佛是得到了知己,大大小小、高高低低的洋槐,似乎在喃喃自语,又对我讲话。周围的山石树木,仿佛一下子活了起来,一片生机,融融氤氲。荷塘里的绿水仿佛更绿了;槐树上的白花仿佛更白了;人家篱笆里开的红花仿佛更红了。风吹,鸟鸣,都洋溢着无限生气。一切眼前的东西联在一起,汇成了宇宙的大欢畅。

1986年6月3日

黄昏

文学的 fragrance 味道

黄昏是神秘的,只要人们能多活下去一天,在这一天的末尾,他们便有个黄昏。但是,年滚着年,月滚着月,他们活下去。有数不清的天,也就有数不清的黄昏。我要问:有几个人觉到过黄昏的存在呢?

早晨,当残梦从枕边飞去的时候,他们醒转来,开始去走一天的路。他们走着,走着,走到正午,路陡然转了下去。仿佛只一溜,就溜到一天的末尾,当他们看到远处弥漫着白茫茫的烟,树梢上淡淡涂上了一层金黄色,一群群的暮鸦驮着日色飞回来的时候,仿佛有什么东西轻轻地压在他们的心头。他们知道:夜来了。他们渴望着静息;渴望着梦的来临。不久,薄冥的夜色糊了他们的眼,也糊了他们的心。他们在低隘的小屋里忙乱着;把黄昏关在门外,倘若有人问:你看到黄昏了没有?黄昏真美呵。他们却茫然了。

他们怎能不茫然呢?当他们再从屋里探出头来寻找黄昏的时候,黄昏早随了白茫茫的烟的消失、树梢上金黄色的消失、鸦背上白色的消失而消失了,只剩下朦胧的夜。这黄昏,像一个春宵的轻梦,不知在什么时候漫了来,在他们心上一掠,又不知在什么时候走了。

黄昏走了。走到哪里去了呢?不,我先问:黄昏从哪里来的呢?这我说不清。又有谁说得清呢?我不能够抓住一把黄昏,问它到底。从东方么?东方是太阳出的地方。从西方么?西方不正亮着红霞么?从南方么?南方只充满了光和热。看来只有说从北方来的最适宜了。倘若我们想了开去,想到北方的极北端,是北冰洋和北极,我们可以在想象里描画出:白茫茫的天地,白茫茫的雪原和白茫茫的冰山。再往北,在白茫茫的天边上,分不清哪是天,是地,是冰,是雪,只是朦胧的一片灰白。朦胧灰白的黄昏不正应当从这里蜕化出来么?

然而,蜕化出来了,却又扩散开去。漫过了大平原,大草原,留下了一层阴影;漫过了大森林,留下了一片阴郁的黑暗;漫过了小溪,

黄昏 ‖ 怀念母亲
Miss Mother

把深灰的暮色溶入玎玲的水声里，水面在阒静里透着微明；漫过了山顶，留给它们星的光和月的光；漫过了小村，留下了苍茫的暮烟……给每个墙角扯下了一片，给每个蜘蛛网网住了一把。以后，又漫过了寂寞的沙漠，来到我们的国土里。我能想象：倘若我迎着黄昏站在沙漠里，我一定能看着黄昏从辽远的天边上跑了来，像——像什么呢？是不是应当像一阵灰蒙的白雾？或者像一片扩散的云影？跑了来，仍然只是留下一片阴影，又跑了去，来到我们的国土里，随了弥漫在远处的白茫茫的烟，随了树梢上的淡淡的金黄色，也随了暮鸦背上的日色，轻轻地落在人们的心头，又被人们关在门外了。

　　但是，在门外，它却不管人们关心不关心，寂寞地，冷落地，替他们安排好了一个幻变的又充满了诗意的童话般的世界，朦胧，微明，正像反射在镜子里的影子，它给一切东西涂上银灰的梦的色彩。

文学的味道

牛乳色的空气仿佛真牛乳似的凝结起来,但似乎又在软软地黏黏地浓浓地流动里。它带来了阒静,你听:一切静静的,像下着大雪的中夜。但是死寂么?却并不,再比现在沉默一点,也会变成坟墓般的死寂。仿佛一点也不多,一点也不少,优美的轻适的阒静软软地黏黏地浓浓地压在人们的心头,灰的天空像一张薄幕;树木、房屋、烟纹、云缕,都像一张张的剪影,静静地贴在这幕上。这里,那里,点缀着晚霞的紫曛和小星的冷光。黄昏真像一首诗,一支歌,一篇童话;像一片月明楼上传来的悠扬的笛声,一声缭绕在长空里亮喨的鹤鸣;像陈了几十年的绍酒;像一切美到说不出来的东西。说不出来,只能去看;看之不足,只能意会;意会之不足,只能赞叹。——然而却终于给人们关在门外了。

给人们关在门外,是我这样说么?我要小心,因为所谓人们,不是一切人们,也绝不会是一切人们的。我在童年的时候,就常常得在天井里等候黄昏的来临。我这样说,并不是想表明我比别人强。意思很简单,就是:别人不去,也或者是不愿意去这样做。我(自然也还有别人)适逢其会地常常这样做而已。常常在夏天里,我坐在很矮的小凳上,看墙角里渐渐暗了起来,四周的白墙上也布上了一层淡淡的黑影。在幽暗里,夜来香的花香一阵阵地沁入我的心里。天空里飞着蝙蝠。檐角上的蜘蛛网,映着灰白的天空,在朦胧里,还可以数出网上的线条和粘在上面的蚊子和苍蝇的尸体。在不经意的时候蓦地再一抬头,暗灰的天空里已经嵌上闪着眼的小星了。在冬天,天井里满铺着白雪。我蜷伏在屋里。当我看到白的窗纸渐渐灰了起来,炉子里在白天里看不出颜色来的火焰渐渐红起来、亮起来的时候,我也会知道:这是黄昏了。我从风门的缝里望出去:灰白的天空,灰白的盖着雪的屋顶。半弯惨淡的凉月印在天上,虽然有点凄凉,但仍然掩不了黄昏的美丽。这时,连常常坐在天井里等着它来临的人也不得不蜷伏在屋里。只剩了灰蒙的雪色伴了它在冷清的门外,这

黄昏 ‖ 怀念母亲
Miss Mother

幻变的朦胧的世界造给谁看呢？黄昏不觉得寂寞么？

但是寂寞也延长不了多久，黄昏仍然要走的。李商隐的诗说："夕阳无限好，只是近黄昏。"诗人不正慨叹黄昏的不能久留吗？它也真的不能久留，一瞬眼，这黄昏，像一个轻梦，只在人们心上一掠，留下黑暗的夜，带着它的寂寞走了。

走了，真的走了。现在再让我问：黄昏走到哪里去了呢？这我不比知道它从哪里来的更清楚。我也不能抓住黄昏的尾巴，问它到底。但是，推想起来，从北方来的应该到南方去的吧。谁说不是到南方去的呢？我看到它怎样地走了。——漫过了南墙，漫过了南边那座小山，那片树林；漫过了美丽的南国。一直到辽阔的非洲。非洲有耸峭的峻岭，岭上有深邃的永古苍暗的大森林。再想下去，森林里有老虎——老虎？黄昏来了，在白天里只呈露着淡绿的暗光的眼睛该亮起来了吧。像不像两盏灯呢？森林里还该有莽苍葳蕤的野草，比人高。草里有狮子，有大蚊子，有大蜘蛛，也该有蝙蝠，比平常的蝙蝠大。夕阳的余晖从树叶的稀薄处，透过了架在树枝上的蜘蛛网，漏了进来，一条条灿烂的金光，照耀得全林子里都发着棕红色，合了草底下毒蛇吐出来的毒气，幻成五色绚烂的彩雾。也该有萤火虫吧，现在一闪一闪地亮起来了。也该有花；但似乎不应该是夜来香或晚香玉。是什么呢？是一切毒艳的恶之花。在毒气里，不正应该产生恶之花吗？这花的香慢慢溶入棕红色的空气里，溶入绚烂的彩雾里，搅乱成一团，滚成一团暖烘烘的热气。然而，不久这热气就给微明的夜色消溶了。只剩一闪一闪的萤火虫，现在渐渐地更亮了。老虎的眼睛更像两盏灯了，在静默里瞅着暗灰的天空里才露面的星星。

然而，在这里，黄昏仍然要走的。再走到哪里去呢？这却真的没人知道了。随了淡白的稀疏的冷月的清光爬上暗沉沉的天空里去么？随了眨着眼的小星爬上了天河么？压在蝙蝠的翅膀上钻进了屋

檐么？随了西天的晕红消溶在远山的后面么？这又有谁能明白地知道呢？我们知道的，只是：它走了，带了它的寂寞和美丽走了，像一丝微飔，像一个春宵的轻梦。

走了。现在，现在我再有什么可问呢？等候明天么？明天来了，又明天，又明天，当人们看到远处弥漫着白茫茫的烟，树梢上淡淡涂上了一层金黄色，一群群的暮鸦驮着日色飞回来的时候，又仿佛有什么东西压在他们的心头，他们又渴望着梦的来临。把门关上了，关在门外的仍然是黄昏，当他们再伸出头来找的时候，黄昏早已走了。从北冰洋跑了来，一过路，到非洲森林里去了。再到，再到哪里，谁知道呢？然而夜来了，漫长的漆黑的夜，闪着星光和月光的夜，浮动着暗香的夜……只是夜，长长的夜，夜永远也不完，黄昏呢？——黄昏永远不存在人们的心里的。只一掠，走了，像一个春宵的轻梦。

年

年,像淡烟,又像远山的晴岚。我们握不着,也看不到。当它走来的时候,只在我们心头轻轻地一拂,我们就知道:年来了。但是究竟什么是年呢?却没有人能说清了。

当我们沿着一条大路走着的时候,遥望前路茫茫,花样似乎很多。但是,及至走上前去,身临切近,却正如向水里扑自己的影子,捉到的只有空虚。更遥望前路,仍然渺茫得很。这时,我们往往要回头看看的。其实,回头看,随时都可以。但是我们却不。最常引起我们回头看的,是当我们走到一个路上的界石的时候。说界石,实在没有什么石,只不过在我们心上有那么一点痕迹。痕迹自然很虚缥,所以不易说。但倘若不管易说不易说,说了出来的话,就是年。

说出来了,这年,仍然很虚缥。也许因为这一说,变得更虚缥。但这却是没有办法的事了。我前面不是说我们要回头看吗?就先说我们回头看到的吧。——我们究竟看到些什么呢?灰蒙蒙的一片,仿佛白云,又仿佛轻雾,朦胧成一团。里面浮动着种种的面影,各样的彩色。这似乎真有花样了。但仔细看来,却又不然。仍然是平板单调。就譬如从最近的界石看回去吧。先看到白皑皑的雪凝结在丫杈着刺着灰的天空的树枝上。再往前,又看到澄碧的长天下流泛着的萧瑟冷寂的黄雾。再往前,苍郁欲滴的浓碧铺在雨后的林里,铺在山头,烈阳闪着金光。更往前,到处闪动着火焰般的花的红影。中间点缀着亮的白天,暗的黑夜。在白天里,我们拼命填满了肚皮。在黑夜里,我们挺在床上裂开大嘴打呼。就这样,白天接着黑夜,黑夜接着白天;一明一暗地滚下去,像玉盘上的珍珠……

于是越过一个界石。看上去,仍然看到白皑皑的雪,看到萧瑟冷寂的黄雾,看到苍郁欲滴的浓碧,看到火焰般的红影。仍然是连续的亮的白天,暗的黑夜——于是又越过了一个界石。于是又——一个界石,一个界石,界石接着界石,没有完。亮的白天,暗的黑夜交织着。白雪、黄雾、浓碧、红影,混成一团。影子却渐渐地淡了下来。我们的记忆也被拖到辽远又辽远的雾蒙蒙的暗陬里去了。我们再看到什么呢?更茫茫。然

年 ‖ 怀念母亲
Miss Mother

而，不新奇。

不新奇吗？却终究又有些新的花样了。仿佛是跨过第一个界石的时候——实在还早，仿佛是才踏上了世界的时候，我们眼前便障上了幕。我们看不清眼前的东西，只是摸索着走上去。随了白天的消失，暗夜的消失，这幕渐渐地一点一点地撤下去。但我们不觉得。我们觉得的时候，往往是在踏上了一个界石回头看的一刹那。一觉得，我们又慌了："会有这样的事情发生到我身上吗？"其实，当这事情正在发生的时候，我们还热烈地参加着，或表演着。现在一觉得，便大惊小怪起来。我们又肯定地相信，不会有这样的事情发生到我们身上的。我们想：自己以前仿佛没曾打算有这样的事情发生。实在，打算又有什么用呢？事情早已给我们安排在幕后。只是幕不撤，我们看不到而已。而且又真没曾打算过。以后我们又证明给自己：的确发生过这样的事情了。于是，因了这惊，这怪，我们也似乎变得比以前更聪明些。"以后我要这样了"，我们想。真的，以后我要这样了。然而，又走到一个界石，回头一看，我们又惊疑："怎么又会有这样的事情发生到我身上呢？"是的，真有过。"以后我要这样了，"我们又想。——虽然一点一点地撤开，我们眼前仍然是幕。于是，一个界石，一个界石就在这随时发现的新奇中过下去，一直到现在，我们眼前仍然是幕。这幕什么时候才撤净呢？我们苦恼着。

但也因而得到了安慰了。一切事情，虽然都已经安排在幕后，有时我们也会蓦地想到几件。其中也不缺少一想到就使我们流汗战栗喘息的事情。我们知道它们一定会发生，只是不知道什么时候而已。但现在回头看来，许多这样的事情，只在这幕的微启之下，便悠然地露了出来，我们也不知怎样竟闯了过来。回顾当时的流汗、的战栗、的喘息，早成残象，只在我们心的深处留下一点痕迹。不禁微笑浮上心头了。回首绵绵无尽的灰雾中，竟还有自己踏过的微白的足迹在，蜿蜒一条长长的路，一直通到现在的脚跟下。再一想踏这条路时的心情，看这眼前的幕一点一点撤开时的或惊，或惧，或喜的心情，微笑更要浮上嘴角了。

文学的 *fragrance* 味道

这样，这条微白的长长的路就一直蜿蜒到脚跟。现在脚下踏着的又是一块新的界石了。不容我们迟疑，这条路又把我们引上前去。我们不能停下来，也不愿意停下来的。倘若抬头向前看的时候——又是一条微白的长长的路，伸展开去。又是一片灰蒙蒙的雾，这路就蜿蜒到雾里去。到哪里止呢？谁知道，我们只是走上前去。过去的，混沌迷茫，不知其所以然了。未来的，混沌迷茫，更不知其所以然了。但是我们时时刻刻都在向前走着。时时刻刻这条蜿蜒的长长的路向后缩了回去，又时时刻刻向前伸了出去，摆在我们面前。仍然再缩了回去，离我们渐远，渐远，窄了，更窄了，埋在茫茫的雾里。刚才看见的东西，一转眼，便随了这条路缩了回去，渐渐地不清楚，成云，成烟，埋在记忆里，又在记忆里消失了。只有在我们眼前的这一点短短的时间——一分钟，不，还短；一秒钟，不，还短；短到说不出来，就算有那么一点时间吧；我们眼前有点亮；一抬眼，便可以看到桌子上摆着的花的蔓长的枝条在风里袅动，看到架上排着的书，看到玻璃杯在静默里反射着清光，看到窗外枯树寒鸦的淡影，看到电灯罩的丝穗在轻微地散布着波纹，看到眼前的一切，都

发亮。然而一转眼,这一切又缩了回去,渐渐地不清楚,成云,成烟,埋在记忆里,也在记忆里消失吧。等到第二次抬眼的时候,看到的一切已经同前次看到的不同了。我说,我们就只有那样短短的时间的一点亮。这条蜿蜒的长长的路伸展出去,这一点亮也跟着走。一直到我们不愿意,或者不能走了,我们眼前仍然只有那一点亮,带大糊涂走开。

当我们还在沿着这条路走的时候,虽然眼前只有那样一点亮,我们也只好跟着它走上去了。脚踏上一块新的界石的时候,固然常常引起我们回头去看;但是,我们仍要时时提醒自己:前面仍然有路。我前面不是说,我们又看到一条微白的长长的路引到雾里去吗?渺茫,自然;但不必气馁。譬如游山,走过了一段路之后,乘喘息未定的时候,回望来路,白云四合,当然很有意思的。倘再翘首前路,更有青霭流泛,不也增加游兴不少吗?而且,正因为渺茫,却更有味。当我翘首前望的时候,只看到雾海,茫茫一片,不辨山水云树。我们可以任意把想象加到上面。我们可以自己涂上粉红色,彩红色;任意制成各种的梦,各种的幻影,各种的蜃楼。制成以后,随便按上,无不适合。较之回头看时,只见残迹,只见过去的面影,趣味自然不同。这时,我们大概也要充满了欣慰与生力,怡然走上前去。倘若了如指掌,毫发都现,一眼便看到自己的坟墓。无所用其涂色;更无所用其蜃楼,只懒懒地抬起了沉重的腿脚,无可奈何地踱上去,不也大煞风景,生趣全无吗?

然而,话又要说了回来。——虽然我们可以把未来涂上了彩色,制成了梦、幻影和蜃楼;一想到,蜿蜒到灰雾里去的长长的路,仍然不过是长长的路,同从雾里蜿蜒出来的并不会有多大差别;我们不禁又悯然了。我们知道,虽然说不定也有点变化,仍然要看到同样的那一套。真的,我们也只有看到同样的那一套。微微有点不同的,就是次序倒了过来。——我们将先看到到处闪动着的花的红影;以后,再看到苍郁欲滴的浓碧;以后,又看到萧瑟冷寂的黄雾;以后,再看到白皑皑的雪凝在丫杈着刺着灰的天空的树枝上。中间点缀着的仍然是亮的白天,暗的黑

夜。在白天里,我们填满了肚皮。在夜里,我们咧开大嘴打呼。照样地,白天接着黑夜,黑夜接着白天。于是到了一个界石,我们眼前仍然只有那短短的时间的一点亮。脚踏上这个界石的时候,说不定还要回过头来看到现在,现在早笼在灰雾里,埋在记忆里了。我们的心情大概不会同踏在现在的这块界石上回望以前有什么差别吧。看了微白的足迹从现在的脚下通到那时的脚下,微笑浮上心头呢?浮上嘴角呢?惘然呢?漠然呢?看了眼前的幕一点一点撤去,惊呢?惧呢?喜呢?那就都不得而知了。

于是,通过了一块界石,又看上去,仍然是红影,浓碧,黄雾,白雪。亮的白天,暗的黑夜,一个推着一个,滚成一团,滚上去,像玉盘上的珍珠。终于我们看到些什么呢?灰蒙蒙,然而不新奇。但却又使我们战栗了。——在这微白的长长的路的终点,在雾的深处,谁也说不清是什么地方,有一个充满了威吓的黑洞,在向我们狞笑,那就是我们的归宿。障在我们眼前的幕,到底也不会撤去。我们眼前仍然只有当前一刹那的亮,带了一个大混沌,走进这个黑洞去。

走进这个黑洞去。其实也倒不坏,因为我们可以得到静息。但又不这样简单。中间经过几多花样,经过多长的路才能达到呢?谁知道。当我们还没有达到以前,脚下又正在踏着一块界石的时候,我们命定的只能向前看,或向后看。向后看,灰蒙蒙,不新奇了。向前看,灰蒙蒙,更不新奇了,然而,我们可以作梦。再要问:我们要做什么样的梦呢?谁知道。——一切都交给命运去安排吧。

1934年1月24日

两个乞丐

李羡林

　　时间已经过去了七十多年,但是两个乞丐的影像总还生动地储存在我的记忆里,时间越久,越显得明晰。我说不出理由。

　　我小的时候,家里贫无立锥之地,没有办法,六岁就离开家乡和父母,到济南去投靠叔父。记得我到了不久,就搬了家,新家是在南关佛山街。此时我正上小学。在上学的路上,有时候会在南关一带,圩子门内外,城门内外,碰到一个老乞丐,是个老头,头发胡子全雪样地白,蓬蓬松松,像是深秋的芦花。偏偏脸色有点发红。现在想来,这绝不会是由于营养过度,体内积存的胆固醇表露到脸上来。他连肚子都填不饱,哪里会有什么佳肴美食可吃呢?这恐怕是一种什么病态。他双目失明,右手拿一根长竹竿,用来探路;左手拿一只破碗。当然是准备接受施舍的。他好像是无法找到施主的大门,没有法子,只有亮开嗓子,在长街上哀号。他那种动人心魄的哀号声,同嘈杂的市声搅混在一起,在车水马龙中,嘹亮清澈,好像上面的天空,下面的大地都在颤动。唤来的是几个小制钱和半块窝窝头。

　　像这样的乞丐,当年到处都有。最初并没有引起我的注意。可是久而久之,我对他注意了。我说不出理由。我忽然在内心里对他油然起了一点同情之感。我没有见到过祖父,我不知道祖父之爱是什么样子。别人的爱,我享受得也不多。母亲是十分爱我的,可惜我享受的时间太短太短了。我是一个孤寂的孩子。难道在我那幼稚孤寂的心灵里在这个老丐身上顿时看到祖父的影子了吗?我喜欢在路上碰到他,我喜欢听他的哀号声。到了后来,我竟自己忍住饥饿,把每天从家里拿到的买早点用的几个小制钱,统统递到他的手里,才心安理得,算是了了一天的心事,否则就好像缺了点什么。当我的小手碰到他那粗黑得像树皮一般的手时,我心里说不出是什么滋味:怜悯、喜爱、同情、好奇混搅在一起,最终得到的是极大的欣慰。虽然饿着肚子,也觉得其乐无穷了。他从我的手里接过那几个还带着

两个乞丐 ‖ 怀念母亲
Miss Mother

我的体温的小制钱时,难道不会感到极大的欣慰,觉得人世间还有那么一点温暖吗?

这样大概过了没有几年,我忽然听不到他的哀叫声了。我觉得生活中缺了点什么。我放学以后,手里仍然捏着几个沾满了手汗的制钱,沿着他常走动的那几条街巷,瞪大了眼睛看,伸长了耳朵听。好几天下来,既不闻声,也不见人。长街上依然车水马龙,这老乞丐去哪里去了呢?我感到凄凉,感到孤寂。好几天心神不安。从此这个老乞丐就从我眼里消逝,永远永远地消逝了。

差不多在同时,或者稍后一点,我又遇到了另一个老乞丐,仅有一点不同之处:这是一个老太婆。她的头发还没有全白,但蓬乱如秋后的杂草。面色黧黑,满是皱纹,一点也没有老头那样的红润。她右手持一根短棍。因为她也是双目失明,棍子是用来探路的。不知为什么,她能找到施主的家门。我第一次见到她,就是在我家的二门外面。她从不在大街上叫喊,而是在门口高喊:"爷爷、奶奶,可怜可怜我吧!"也许是因为,她到我们家来,从不会空手离开的,她对我们家产生了感情,所以,隔上一段时间,她总会来一次的。我们成了熟人。

据她自己说,她住在南圩子门外乱葬岗子上的一个破坟洞里。里面是否还有棺材,她没有说。反正她瞎着一双眼,即使有棺材,她也看不见。即使真有鬼,对她这个瞎子也是毫无办法的。多么狰狞恐怖的形象,她也是眼不见,心不怕。这是一种什么样的日子,我今天回想起来,都有点觉得毛骨悚然。

不知道为什么,她竟然还有闲情逸致来种扁豆。她不知从哪里弄了点扁豆种子,就栽在坟洞外面的空地上,不时浇点水。到了夏天,扁豆是不会关心主人是否是瞎子的,一到时候,它就开花结果。这个老乞丐把扁豆摘下来,装到一个破竹筐子里,挂上了拐棍,摸摸索索来到我家二门外面,照例地喊上几声。我连忙赶出来,看到

085

扁豆。碧绿如翡翠,新鲜似带露,我一时吃惊得说不出话来。我当时还不到十岁,虽有感情,绝不会有现在这样复杂、曲折。我不会想象,这个老婆子怎样在什么都看不到的情况下,刨土、下种、浇水、采摘。这真是一首绝妙好诗的题目。可是限于年龄,对这一些我都木然懵然。只觉得这件事颇有点不寻常而已。扁豆并不是什么名贵

两个乞丐 ‖ 怀念母亲
Miss Mother

东西,然而老乞丐心中有我们一家,从她手中接过来的扁豆便非常非常不寻常了。这一点我当时朦朦胧胧似乎感觉到了。这扁豆的滋味也随之大变。在我一生中,在那以前我从没有吃过那样好吃的扁豆,在那以后也从未有过。我于是真正喜欢上了这一个老年的乞丐。

然而好景不长,这样也没有过上几年。有一年夏天,正是扁豆开花结果的时候,我天天盼望在二门外面看到那个头发蓬乱鹑衣百结的老乞丐。然而却是天天失望,我又感到凄凉,感到孤寂,又是好几天心神不宁。从此这一个老太婆同上面说的那一个老头子一样,在我眼前消逝了,永远永远地消逝了。

到了今天,时间已经过去了七十多年。我的年龄恐怕早已超过了当年这两个乞丐的年龄。不知道是为什么我又突然想起了他俩。我说不出理由。不管我表面上多么冷,我内心里是充满了炽热的感情的。但是当时我涉世未久,或者还根本不算涉世,人间沧桑,世态炎凉,我一概不懂。我的感情是幼稚而淳朴的,没有后来那一些不切实际的非常浪漫的想法。两位老乞丐在绝对孤寂凄凉中离开人世的情景,我想都没有想过。在当年那种社会里,人的心都是非常硬的,几乎人人都有一副铁石心肠,否则你就无法活下去。老行幼效,我那时的心,不管有多少感情,大概比现在要硬多了。唯其因为我的心硬,我才能够活到今天的耄耋之年。事情不正是这样子吗?

我现在已经走到了快让别人回忆自己的时候了。这两个老乞丐在我回忆中保留的时间也不会太久了。今天即使还有像我当年那样心软情富的孩子,但是人间已经换过,再也不会有那样的乞丐供他们回忆了。在我以后,恐怕再也不会出现我这样的人了。我心甘情愿地成为有这样回忆的最后一个人。

我的女房东

我的女房东 ‖ 怀念母亲
Miss Mother

我在上面已经多次谈到我的女房东欧朴尔太太。

我在这里还要再集中来谈。

我不能不谈她。

我们共同生活了整整十年,共过安乐,也共过患难。在这漫长的时间内,她为我操了不知多少心,她确实像自己的母亲一样。回忆起她来,就像回忆一个甜美的梦。

她是一个平平常常的德国妇女。我初到的时候,她大概已有五十岁了,比我大二十五六岁。她没有多少惹人注意的特点,相貌平平常常,衣着平平常常,谈吐平平常常,爱好平平常常,总之是一个非常平常的人。

然而,同她相处的时间越久,便越觉得她在平常中有不平常的地方:她老实,她诚恳,她善良,她和蔼,她不会吹嘘,她不会撒谎。她也有一些小小的偏见与固执,但这些也都是平平常常的,没有什么越轨的地方;这只能增加她的人情味,而绝不能相反。同她相处,不必费心机、设堤防,一切都自自然然,使人如处和暖的春风中。

她的生活是十分单调的,平凡的。她的天地实际上就只有她的家庭。中国有一句话说:妇女围着锅台转。德国没有什么锅台,只有煤气灶或电气灶。我的女房东也就是围着这样的灶转。每天一起床,先做早点,给她丈夫一份,给我一份。然后就是无尽无休地擦地板,擦楼道,擦大门外面马路旁边的人行道。地板和楼道天天打蜡,打磨得油光锃亮。楼门外的人行道,不光是扫,而且是用肥皂水洗。人坐在地上,绝不会沾上半点尘土。德国人爱清洁,闻名全球。德文里面有一个词儿Putzteufel,指打扫房间的洁癖,或有这种洁癖的女人。Teufel的意思是"魔鬼",Putz的意思是"打扫"。别的语言中好像没有完全相当的字。我看,我的女房东,同许多德国妇女一样,就是一个不折不扣"清扫魔鬼"。

文学的 fragrance 味道

我在生活方面所有的需要,她一手包下来了。德国人生活习惯同中国人不同。早晨起床后,吃早点,然后去上班;11点左右,吃自己带去的一片黄油夹香肠或奶酪的面包;下午1点左右吃午饭。这是一天的主餐,吃的都是热汤热菜,主食是土豆。下午4点左右,喝一次茶,吃点饼干之类的东西。晚上7时左右吃晚饭,泡一壶茶或者咖啡。吃凉面包、香肠、火腿、干奶酪等等。我是一个年轻的穷学生,一无时间,二无钱来摆这个谱儿。我还是中国老习惯,一日三餐。早点在家里吃,一壶茶,两片面包。午饭在外面馆子里或学生食堂里吃,都是热东西。晚上回家,女房东把她们中午吃的热餐给我留下一份。因此,我的晚餐也都是热汤热菜,同德国人不一样,这基本上是中国办法。这都是女房东在了解了中国人的吃饭习惯之后精心安排的。我每天在研究所里工作了一整天之后,回到家来,能够吃上一顿热乎乎的晚饭,心里当然是美滋滋的。对女房东这一番情意,我是由衷地感激的。

晚饭以后,我就在家里工作。到了晚上10点左右,女房东进屋来,把我的被子铺好,把被罩拿下来,放到沙发上。这工作其实是非常简单的,我自己尽可以做。但是,女房东却非做不可,当年她儿子住这一间屋子时,她就是天天这样做的。

铺好床以后,她就站在那里,同我闲聊。她把一天的经历,原原本本,详详细细,都向我"汇报"。她见了什么人,买了什么东西,碰到了什么事情,到过什么地方,一一细说,有时还绘声绘形,说得眉飞色舞。我无话可答,只能洗耳恭听。她的一些婆婆妈妈的事情,我并不感兴趣。但是,我初到德国时,听说德语的能力都不强。每天晚上上半小时的"听力课",对我大有帮助。我的女房东实际上成了我的不收费的义务教员。这一点我从来没有对她说,她也永远不会懂。"汇报"完了以后,照例说一句:"夜安!祝你愉快地安眠!"我也说同样的话,然后她退出,回到自己的房间里。我把皮鞋

我的女房东 ‖ 怀念母亲
Miss Mother

放在门外,明天早晨,她把鞋擦亮。我这一天的活动就算结束了,上床睡觉。

其余许多杂活,比如说洗衣服、洗床单、准备洗澡水,等等,无不由女房东去干。德国被子是鸭绒的,鸭绒没有被固定起来,在被套里面享有绝对的自由活动的权利。我初到德国时,很不习惯,睡下以后,在梦中翻两次身,鸭绒就都活动到被套的一边去,这里绒毛堆积如山,而另一边则只剩下两层薄布,当然就不能御寒,我往往被冻醒。我向女房东一讲,她笑得眼睛里直流泪。她于是细心教我使用鸭绒被的方法。我就像一个小孩子一样,在她的照顾下愉快地生活。

她的家庭看来是非常和睦的,丈夫忠厚老实,一个独生子不在家,老夫妇俩对儿子爱如掌上明珠。我记得,有一段时间,老头月月购买哥廷根的面包和香肠,打起包裹,送到邮局,寄给在达姆施塔特(Darmstadt)高工念书的儿子。老头腿有点毛病,走路一瘸一拐,很不灵便;虽然拿着手杖,仍然非常吃力。可他不辞辛劳,月月如此。后来老夫妇俩出去度假,顺便去看儿子。到儿子的住处大学生宿舍里去,一瞥间,他们看到老头千辛万苦寄来的面包和香肠,却发了霉,干瘪瘪地躺在桌子下面。老头怎样想,不得而知。老太太回家后,在晚上向我"汇报"时,絮絮叨叨地讲到这件事,说她大为吃惊。但是,奇怪的是,老头还是照样拖着两条沉重的腿,把面包和香肠寄走。我不禁想到,"可怜天下父母心",古今中外之所同。然而儿女对待父母的态度,东西方却不大相同了。章太太的男房东可以为证。我并不提倡愚忠愚孝。但是,即使把父母与子女之间的关系,化为一般人与人之间的关系,像房东儿子的做法不也是有点过分了吗?

女房东心里也是有不平的。

儿子结了婚,住在外城,生了一个小孙女。有一次,全家回家来探

望父母。儿媳长得非常漂亮，衣着也十分摩登。但是，女房东对她好像并不热情，对小孙女也并不宠爱。儿媳是年轻人，对好多事情有点马大哈，从中也可以看出德国两代人之间的"代沟"。有一天，儿媳使用手纸过多，把马桶给堵塞了。老太太非常不满意，拉着我到卫生间指给我看。脸上露出了许多怪相，有忿怒，有轻蔑，有不满，有憎怨。此事她当然不能对儿子讲，连丈夫大概也没有敢讲，茫茫宇宙间她只有对我一个人诉说不平了。

女房东也是有偏见的。

关于戴帽子的偏见，我在上面已经谈过了，这里不再重复。她的偏见不只限于这一点，而且最突出的也不是这一件事。最突出的是宗教偏见。她自己信奉的是耶稣教，对天主教怀有莫名其妙的刻骨的仇恨。世界各地区各民族都毫无例外地有宗教偏见。这种偏见比任何其他偏见都更偏见。欧洲耶稣基督教新旧两派之间的偏见，也是异常突出的。我的女房东没有很高的文化，她的偏见也因而更固执。但她偏偏碰到一个天主教的好人。女房东每个月要雇人洗一次衣服、床单等等，承担这项工作的是一个天主教的老处女，年纪比女房东还要大，总有六十多岁了。她没有财产，没有职业，就靠帮人洗衣服为生。人非常老实，一天说不了几句话。却是一个十分虔诚的信徒，每月的收入，除了维持极其简朴的生活以外，全都交给教堂。她大概希望百年之后能够在虚无缥缈的天堂里占一个角落吧。女房东经常对我说："特雷莎(Therese)忠诚得像黄金一样。"特雷莎是她的名字。但是，忠诚归忠诚，一提到宗教，女房东就忿忿不平，晚上向我"汇报"时，对她也时有微词，具体的例子却从来没有听说过。

我的女房东就是这样一个有不平、有偏见、有自己的与宇宙大局世界大局和国家大局无关的小忧愁小烦恼，有这样那样的特点的平平常常的人；但却是一个心地善良、厚道、不会玩弄任何花招

我的女房东‖怀念母亲
Miss Mother

的平常人。

她的一生也是颇为坎坷的,走的并非都是阳关大道。据她自己说,第一次世界大战前,德国人家里普遍都有金子,她家里也一样。大战一结束,德国发了疯似的通货膨胀,把她的一点点黄金都膨胀光了,成了无金阶级。到了第二次世界大战,她只是靠工资过日子。她对政治不感兴趣,她从来不赞扬希特勒,当然更不懂去反对他。由于种族偏见,犹太人她是反对的,但也说不上是"积极分子",只是随大流而已。她在乡下没有关系户,食品同我一样短缺。在大战中间,她丈夫饿得从一个大胖子变成一个瘦子,终于离开了人世。老两口一生和睦相处,我从来没有听到他们俩拌过嘴,吵过架。老头一死,只剩下她孤零一人。儿子极少回来,屋子里空荡荡的。她心里是什么滋味,我不知道。从表面上来看,她只能同我这一个异邦的青年相依为命了。

战争到了接近尾

声的时候,日子越来越难过。不但食品短缺,连燃料也无法弄到。哥廷根市政府俯顺民情,决定让居民到山上去砍伐树木。在这里也可以看到德国人办事之细致、之有条不紊、之遵守法纪。政府工作人员在茫茫的林海中划出了一个可以砍伐的地区,把区内的树逐一检查,可以砍伐者画上红圈。砍伐没有红圈的树,要受到处罚。女房东家里没有劳动力,我当然当仁不让,陪她上山,砍了一天树,运下山来,运到一个木匠家里,用机器截成短段,然后运回家来,贮存在地下室里,供取暖之用。由于那一个木匠态度非常坏,我看不下去,同他吵了一架。他过后到我家来,表示歉意。我觉得,这不过是小事一端,一笑置之而已。

我的女房东是一个平常人,当然不能免俗。当年德国社会中非常重视学衔,说话必须称呼对方的头衔。对方是教授,必须呼之为"教授先生";对方是博士,必须呼之为"博士先生"。不这样,就显得有点不礼貌。女房东当然不会是例外。我通过了博士口试以后,当天晚上"汇报"时,她突然笑着问我:"我从今以后是不是要叫你'博士先生'?"我真是大吃一惊,这是我万万没有想到的。我连忙说:"完全没有必要!"她也不再坚持,仍然照旧叫我"季先生!"我称她为:"欧朴尔太太!"相安无事。

一想到我的母亲般的女房东,我就回忆联翩。在漫长的十年中,我们晨夕相处,从来没有任何矛盾。值得回忆的事情实在太多太多了,即使回忆困难时期的情景,这回忆也仍然是甜蜜的。这些回忆一时是写不完的,因此我也就不再写下去了。

离开德国以后,在瑞士停留期间,我曾给女房东写过几次信。回国以后,在北平,我费了千辛万苦,弄到了一罐美国咖啡,大喜若狂。我知道,她同许多德国人一样,嗜咖啡若命。我连忙跑到邮局,把邮包寄走,期望它能越过千山万水,送到老太太手中,让她在孤苦伶仃的生活中获得一点喜悦。我不记得收到了她的回信。

我的女房东 ‖ 怀念母亲
Miss Mother

到了50年代,"海外关系"成了十分危险的东西。我再也不敢写信给她,从此便云天渺茫,互不相闻。正如杜甫所说的:"明日隔山岳,世事两茫茫"了。

1983年,在离开哥廷根将近四十年之后,我又回到了我的第二故乡。我特意挤出时间,到我的故居去看了看。房子整洁如故,四十年漫长岁月的痕迹一点也看不出来。我走上三楼,我的住房门外的铜牌上已经换了名字。我也无从打听女房东的下落,她恐怕早已离开了人世,同她丈夫一起,静卧在公墓的一个角落里。我回首前尘,百感交集。人生本来就是这样,我有什么办法呢?我只有虔心祷祝她那在天之灵——如果有的话——永远安息。

夜来香开花的时候

李羡林

夜来香开花的时候 ‖ 怀念母亲
Miss Mother

夜来香开花的时候,我想到王妈。我不能忘记,在我刚走出童年的几年中,不知道有几个夏夜里,当闷热渐渐透出了凉意,我从飘忽的梦境里转来的时候,往往可以看到窗纸上微微有点白;再一沉心,立刻就有嗡嗡的纺车的声音,混着一阵阵的夜来香的幽香,流了进来。倘若走出去看的话,就可以看到,一盏油灯放在夜来香丛的下面,昏黄的灯光照澈了小院,把花的高大支离的影子投在墙上,王妈坐在灯旁纺着麻,她的黑而大的影子也被投在墙上,合了花的影子在晃动着。

她是老了。我不知道她什么时候到我们家里来的。当我从故乡来到这个大都市的时候,我就看到她已经在我们家里来来往往地做着杂事。那时,似乎已经很老了。对我,从那时到现在,是一个从莫明其妙的朦胧里渐渐走到光明的一段。最初,我看到一切事情都像隔了一层薄纱。虽然到现在这层薄纱也没能撤去,但渐渐地却看到了一点光亮,于是有很多事情就不能再使我糊涂。就在这从朦胧到光亮的一段里,我们搬过两次家。第一次搬到一条歪曲铺满了石头的街上,王妈也跟来了。房子有点旧,墙上满是雨水的渍痕,只有一个窗子的屋里白天也是暗沉沉的。我童年的大部分时间就在这黑暗的屋里消磨过去,院子里每一块土地都印着我的足迹。现在我还能清晰地记起来屋顶上在秋风里战抖的小草,墙角檐下挂着的蛛网。但倘若笼统想起来的话,就只剩下一团苍黑的印象了。

倘若我的记忆可靠的话,在我们搬到这苍黑的房子里第二年的夏天,小小的院子里就有了夜来香。当时颇有一些在一起玩的小孩,往往在闷热的黄昏时候聚在一块,仰卧在席上数着天空里飞来飞去的蝙蝠。但是最引我们注意的却是夜来香的黄花。最初只是一个长长的花苞,我们目不转睛地注视着它。还不开,还不开,蓦地一眨眼,再看时,长长的花苞已经开放成伞似的黄花了。在当时的心里,觉得这样开的花是一个奇迹,这花又毫不吝惜地放着香气。王

妈也很高兴。每天她总把开过的花都数一遍。当她数着的时候，随时有新的花在一闪一闪地开放着。她眼花缭乱，数也数不清。我们看了她慌张而又用心的神情，不禁哄笑起来。就这样每一个黄昏都在奇迹和幽香里度过去，每一个夜跟着每一个黄昏走了来。在清凉的中夜里，当我从飘忽的梦境里转来的时候，就可以看到王妈的投在墙上的黑而大的影子在合着夜来香的影子晃动了。

就在这样一个环境里，我第一次觉得我的眼前渐渐地亮起来。以前我看到王妈只像一个弹子，现在我才发现她也像我一样地是一个活动的人。但是我仍然不明了她的身世。在小小的心灵里，我并想不到她这样大的年纪出来佣工有什么苦衷；我只觉得她同我们住在一块，就是我们家里的一个人，她也应该同我们一样地快活。童稚的心岂能知道世上还有不快活的事情吗？

在初秋的暴雨里，我看见她提着篮子出去买菜；在严冬大雪的早晨，我看到她点着灯起来升炉子。冷风把她的手吹得像红萝卜似的开了裂，露出鲜红的肉来。我永远也忘不掉这两只有着鲜红裂口的手！她有自己的感情，自己的脾气，这些都充分表现出一个北方农民的固执与倔强。但我在黄昏的灯下却常听到她不时吐出的叹息了。我从小就是孤独的，在我小小的心里，一向感觉到缺少点什么。我虽然从没叹息过，但叹息却堆在我的心里。现在听了她的叹息，我的心仿佛得到被解脱的痛快。我愿意听这样的低咽的叹息从垂老的人的嘴里流出来。在她，不知是为什么，闲下来的时候，也总爱找着我说话。她告诉我，她的丈夫是她村里唯一的秀才，但没能捞上一个举人就死去了。她自己被家里的妯娌们排挤，不得已才出来佣工，有一个儿子，因为乡里没有饭吃，到关外做买卖去了。留下一个媳妇在这大城里，似乎也不大正经。她又告诉我，她年轻的时候，怎样刚强，怎样有本领，和许多别的美德；但谁又知道，在垂老的暮年又被迫着走出来谋生，只落得几声叹息呢？

夜来香开花的时候 ‖ 怀念母亲
Miss Mother

以后,这叹息就时时可以听到。她特别注意到我衣服寒暖。在冬天里,她替我暖;在夏夜里,她替我用大芭蕉扇赶蚊子。她仍然照常地提着篮子出去买菜,冬天早晨用开了鲜红裂口的手升炉子。当夜来香开花的时候,又可以看到她郑重其事地数着花朵。但在不寐的中夜里,晚秋的黄昏里,却连续听到她的叹息,这叹息在沉寂里回荡着,更显得凄冷了。她仿佛时常有话要说。被追问的时候,却什么也不说,脸上只浮起一片惨笑。有时候有意与无意之间,又说到她年轻时候的倔强,她的秀才丈夫,往往归结说到她在关外做买卖的儿子。我们都可以看出来,这老人怎样把暮年的希望和幻想放在她儿子身上。我也曾替她写过几封信给她的儿子,但终于也没能得到答复。这老人心里的悲哀恐怕只有她一个人知道。

不记得是哪一年,在夏天,又是夜来香开花的时候,她儿子来了信。信里说的,却并不像她想的那样满

意,只告诉她,他在关外勤苦几年挣的钱都给别人骗走了;他因为生气,现在正病着,结尾说:"倘若母亲还要儿子的话,就请汇钱给我回家。"这样一封信给她怎样影响,我们大概都可以想象得出。连着叹了几口气以后,她并没说什么话,但脸色却更阴沉了。这以后,没有叹气,我们只看到眼泪。

我前面不是说,我渐渐从朦胧里走向光明里去么?现在我眼前似乎更亮了。我看透了一些事情:我知道在每个人嘴角上常挂着的微笑后面有着怎样的冷酷;我看出大部分的人们都给同样黑暗的命运支配着。王妈就在这冷酷和黑暗的命运下呻吟着活下来。我看透了这老人的眼泪里有着无量的凄凉,我也了解了她的寂寞。

在这时候,我们又搬了一次家,只不过从这条铺满了石头的街的中间移到了南头。王妈仍然跟了来。房子比以前好了一点,再看不到四壁的雨痕和蜘蛛。每座屋子也都有了两个以上的窗子,而且窗子上还有玻璃。尤其使我满意的是西屋前面两棵高过房檐的海棠。时候大概是春天,因为才搬进来的时候,树上还开满着一团团的花。就在这一年的夏天,大概因为院子大了一点吧,满院里,除了一个大水缸养着子午莲和几十棵凤仙花和其他杂花以外,便只看到一丛丛的夜来香。我现在已经不是孩子,有许多地方要摆出安祥的样子来;但在夏天的黄昏时候,却仍然做着孩子时候做的事情。我坐在院子里数着天上飞来飞去的蝙蝠,看着夜色慢慢织入夜来香丛里,一片朦胧的薄暗。一眨眼,眼前已经是一片黄黄的伞似的花了,跟着又有幽香流过来。夜里同蚊子打过了仗,好容易睡过去。各样的梦做过了以后,从飘忽的梦境里转来的时候,往往可以看到窗上有点白,听到嗡嗡的纺车的声音。走出去,就又可以看到王妈的黑大的投在墙上的影子在合着夜来香的影子晃动了。

王妈更老了,但我仍然只看到她的眼泪。在她高兴的时候,她又谈到她的秀才丈夫,她的不大正经的儿媳妇,和她病倒在关外的

夜来香开花的时候 ‖ 怀念母亲
Miss Mother

儿子。她仍然提着篮子出去买菜,冬天老早起来升炉子,从她走路的样子上看来,她真有点老了;虽然她自己在别人说她老的时候还在竭力否认着。她有着颗简单纯朴的心,因了年纪更大的关系,这颗心似乎就更纯朴简单。往往因为少得了一点所应得的东西,我们就可以看到她的干瘪了的嘴并拢在一起,腮鼓着,似乎要有什么话从里面流出来。然而在这样的情形下往往是没有什么流出的。倘若有人意外地给了她点什么,我们也可以意外地看到这老人从心里流出来的快意的笑了。她不会做荒唐的梦,极小的得失可以支配她的感情。她有一颗简单的心。

日子一天天地过去,这寂寞的老人就在这寂寞里活下去。上天给了她一个爽直的性情,使她不会向别人买好,不会在应该转圈的时候转圈。因为这,在许多极琐碎的事情上,她给了别人一点小小的不痛快,她自己却得到更大的不痛快。这时候,我们就见到她在干瘪了的嘴并拢以后,又在暗暗地流着眼泪了。我们都知道,这眼泪并不像以前想到她儿子时的那眼泪那样有意义。这样的眼泪流多了,顶多不过表示她在应当流的眼泪以外,还有多余的泪,给自己一点轻松。泪流过了不久,就可以看到她高兴地在屋里来来往往地做着杂事了。她有一颗同孩子一样的简单的心。

在没搬家过来以前,我已经到一个在城外的四面满是湖田和荷池的学校里去读书,就住在那里,只在星期日回家一次。在学校里死沉的空气里住过六天以后,到家里觉得仿佛到了另外一个世界。进门先看到王妈的欢乐的微笑,等到踏着暮色走回去的时候,心里竟觉得意外地轻松。这样的情形似乎也延长不算很短的一个期间。虽然我自己的心情随时都有着变化,生活却显得惊人地单调。回看花开花落,听老先生沙着声念着古文,拼命地在饭堂里抢馒首,感情冲动的时候,也热烈地同别人打架,时间也慢慢地过去。

又忘记了是多少时候以后,是星期日,当时我从学校里走回家

去的时候,我看到一个黄瘦个儿很高的中年男子在替我们搬移着桌子之类的东西。旁人告诉我,这就是王妈的儿子。几个月以前她把储蓄了几年的钱都汇给他,现在他居然从关外回到家来了。但带回来的除了一床破棉被以外,就剩了一个有着几乎各类的一个他那样用自己的力量来换面包的中年人所能有的病的身子,和一双连霹雳都听不到的耳朵。但终于是个活人,是她的儿子,而且又终于回到家里来了。

王妈高兴。在垂暮的老年,自己的独子从迢迢的塞外回到她跟前来,这样奇迹似的遭遇怎能不使她高兴呢?说到儿子的身体和病,她也会叹几口气;但儿子终于是儿子,这叹息掩不过她的高兴的。不久,她那不大正经的媳妇也不知从哪里名正言顺地找了来;于是一个小家庭就组成了。儿子显然不能再干什么重劳力的活了,但是想吃饭除了劳力之外又似乎没有第二条路可走。在我第二星期回到家里来的时候,就看到她那说话也需要打手势的儿子在咳嗽着一出一进地挑着满桶的水卖钱了。

这以后,对王妈,对我们家里的人,有一个惊人大的转变。从她那里,我们再听不到叹息,看不到眼泪;看到的只有微笑。有时儿子买一个甜瓜或柿子,甚至几个小小的梨,拿来送给母亲吃。儿子笑,不说话;母亲也笑,更不说话。我们都可以看出来,这笑是怎样润湿了这老人的心。每逢过节或特别日子的时候,儿子把母亲接回家去。当吃完儿子特别预备的东西走回来的时候,这老人脸上闪着红光。提着篮子买菜的时候也更带劲,冬天早晨也更起得早,生命对她似乎是一杯香醪。她高兴地活下去,没有了寂寞,也没有了凄凉,即便再说到她丈夫的时候,也只有含着笑骂一声:"早死的死鬼!"接着便兴高采烈地夸起自己年轻时的美德来了,我们都很高兴,我们眼看这老人用手捉住自己的希望和幻想。辛勤了几十年,现存这希望才在她心里开成了花。

夜来香开花的时候 ‖ 怀念母亲
Miss Mother

日子又平静地过下去，微笑似乎从没有离开过她。这老人正做着一个天真的梦，就这样差不多过了一年的时间。中间我还在家里住了一个暑假，每天黄昏的时候，躺在院子里的竹床上，数着天上的蝙蝠。夜来香每天照例一闪便开了。我们欣赏着花的香，王妈更起劲地像煞有介事似的数着每天开过的花。但在暑假过了以后，当我再每星期日从学校里走回家来的时候，我看到空气似乎有点不同，从王妈那里我又常听到叹息了。她又找我说话，她告诉我，儿子常生病，又聋。虽然每天拼命挑水，在有点近于接受别人恩惠的情形下接了别人的钱，却连肚皮也填不饱，这使他只有更拼命；然而结果，在已经有了的病以外，又添了其他可能的新病。儿媳妇也学上了许多新的譬如喝酒抽烟之类的毛病。她丈夫自然不能满足她；凭了自己的机警，公然在她丈夫面前同别人调情，而且又进一步姘居起来了。这老人早起晚睡侍候别人颜色挣来的钱，以前是被严谨地锁在一个箱子里的，现在也慢慢地流出来，换成面包，填充她儿子的肚皮了。她为儿子的病焦灼，又生媳妇的气，却没办法。这有一颗简单的心的老人只好叹息了。

儿子病的次数加多起来，而且也厉害起来。在很短的期间，这叹息就又转成眼泪了。以前是因为有幻想和希望而不能捉到才流泪，现在眼看着幻想和希望要在自己手里破碎，这当然更沉痛了。我虽然不常在家里，但常听人们说到，每次她从儿子那里回来的时候，总带回来惊人多的叹息和眼泪。问起来，她就说到儿子怎样病，几天不能挑水，柴米没有，媳妇也不知道跑到什么地方去了。于是在静寂的中夜里，就常听到她低咽的暗泣。她现在再也没有心绪谈到她的秀才丈夫，夸耀自己年轻时的美德，处处都表示出衰老的样子。流泪成了日常工作，泪也终于流不完。并没延长了多久，她有了病，眼也给一层白膜障上了。她说，她不想死。真的，随处都表示出，她并不想死。她请医生，供神水，喝符，用大葱叶包起七个活着的蜘

蛛生生吞下去,以及一切的偏方正方。为了自己的身子,她几乎忘掉了一切。大约有几个月以后吧,身子好了,却只剩下了一只眼。

她更显得衰老了。腰佝偻着,剩下的一只眼似乎也没有什么大用。走路的时候,只是用手摸索着走上去。每次我看她拿重一点的东西而曲着背用力的时候,看到她从儿子那里回来含着泪慢慢踱进自己幽暗的小屋里去的时候,我真想哭。虽然失掉一只眼睛,但并没有失掉固有的性情,她仍然倔强,仍然不会买好,不会在应当转圈的时候转圈;也就仍然常常碰到点小不痛快,流两次无所谓的泪。她同以前一样,有着一颗简单又纯朴的心。

四年前,为了一个近于荒诞的理想,我从故乡来到这辽远的故都里。我看到的自然是另外一个新的世界,但这世界却不能吸引着我;我时常想到王妈,想到她数夜来香的神情,想到她红胡萝卜似的开了鲜红裂口的手。第一年寒假回家的时候,迎着我的是她的欢迎的微笑。只有我了解她这笑是怎样勉强做出来的。前年的冬天,我又回家去。照例一阵微微地晕眩以后,我发现了家里少了一个人,以前笑着欢迎我的王妈到哪里去了呢?问起来,才知道这老人家已经回老家去了。在短短的半年里,她又遭遇到许多不如意的事情。因为看到放在儿子身上的希望和幻想渐渐渺茫起来,又因为自己委实有点老了,于是就用勉强存起来的一点钱在老家托人买了一口棺材。这老人已经看透了自己一生决定了不过是这么回事;趁着没死的时候,预备点东西,过一个痛快的死后的生活吧。但这口棺材却毫无理由地被她一个先死去的亲戚占去了。从年轻时候守节受苦,到垂老的暮年出来佣工,辛苦了一生,老把自己的希望和幻想拴在儿子身上,结果是幻灭;好容易自己又制了一个死后的美丽的梦,现在又给打碎了。她不懂怎样去诉苦,也没人可诉。这颗经了七十年痛创的简单而又纯朴的心能容得下这些迫损吗?她终于病倒了。

正要带着儿子和媳妇回老家去养病的时候,儿子竟然经不起病

夜来香开花的时候 ‖ 怀念母亲
Miss Mother

的摧折死去了。我不忍去想象,悲哀怎样啮着这老人的心。她终于回了家,我们家里派了一个人去送她。临走的时候,她还带着恳乞的神气说:"只要病好了,我还回来。"生命的火还在她心里燃烧着,她不想死的。在严冬的大风雪里,在灰黯的长天下,坐在一辆独轮小车上,一个垂老的人,带了自己独子的棺材,带了一个艰苦地追求了一辈子而终于得到的大空虚,带了一颗碎了的心,回到自己的故乡里去,把一切希望和幻想都抛在后面,人们大概总能想象到这老人的心情吧!我知道会有种种的幻影在她眼前浮掠,她会想到过去自己离开家时的情景,然而现在眼前明显摆着的却是一个不可逃避的黑洞,一切就都归到洞里上。车走上一个小木桥的时候,忽然翻下河去,这老人也被倾到水里。被人捞上来的时候,浑身都结了冰。她自己哭了,别人也都哭起来。人生到这样一个地步,还有什么话可说呢?这纯朴的老人也不能不咒骂自己的命运了。

我不忍去想象,她怎样在那穷僻的小村里活着的情形。听人说,剩下的一只眼睛也哭得失了明。自己的房子已经卖给别人,只好借住在亲戚家里。一闭眼,我就仿佛能看到她怎样躺在床上呻吟,但没有人去理会她;她怎样起来沿着墙摸索着走,她怎样呼喊着老天。她的红萝卜似的开了裂流着红血的手在我眼前颤动……以前存的钱一个也没能剩下,她一定会回忆到自己困顿的一生,受尽人们的唾弃,老年也还免不了早起晚睡侍侯别人的颜色;到死却连自己一点无论怎样不能成为希望和幻想的希望和幻想都一个不剩地破碎了去。过去的黑影沉重地压在她心头。人到欲哭无泪的地步,还有什么话可说呢?我听不到她的消息,我只有单纯地有点近于痴妄地希望着,她能好起来,再回到我们家里去。

但这岂是可能的呢?第二年暑假我回家的时候,就听人说,王妈死了。我哭都没哭,我的眼泪都堆在心里,永远地。现在我的眼前更亮,我认识了怎样叫人生,怎样叫命运。——小小的院子里仍然挤满

文学的 fragrance 味道

了夜来香，黄昏里我仍然坐在院子里的竹床上，悲哀沉重地压住了我的心。我没有心绪再数蝙蝠了。在沉寂里，夜来香自己一闪一闪地开放着，却没有人再去数它们。半夜里，当我再从飘忽的梦境里转来的时候，看不到窗上的微微的白光，也再听不到嗡嗡的纺车的声音，自然更看不到照在四面墙上的黑而大的影子在合着历乱的枝影晃动。一切死样的沉寂。我的心寂寞得像古潭。第二天早晨起来的时候，整夜散发着幽香的夜来香的伞似的黄花枝枝都枯萎了。没了王妈，夜来香哪能不感到寂寞呢？

1935年

园花寂寞红

文学的味道

楼前右边,前临池塘,背靠土山,有几间十分古老的平房,是清代保卫八大园的侍卫之类的人住的地方。整整四十年以来,一直住着一对老夫妇:女的是德国人,北大教员;男的是中国人,钢铁学院教授。我在德国时,已经认识了他们,算起来到今天已经将近六十年了,我们算是老朋友了。三十年前,我们的楼建成,我是第一个搬进来住的。从那以后,老朋友又成了邻居。有些往来,是必然的。逢年过节,互相拜访,感情是融洽的。我每天到办公室去,总会看到这个个子不高的老人,蹲在门前临湖的小花园里,不是除草栽花,就是浇水施肥;再就是砍几竿门前屋后的竹子,扎成篱笆。嘴里叼着半只雪茄,笑眯眯的。忙忙碌碌,似乎乐在其中。

他种花很有一些特点。除了一些常见的花以外,他喜欢种外国种的唐菖蒲,还有颜色不同的名贵的月季。最难得的是一种特大的牵牛花,比平常的牵牛要大一倍,宛如小碗口一般。每年春天开花时,颇引起行人的注目。据说,此花来头不小。在北京,只有梅兰芳家里有,齐白石晚年以画牵牛花闻名全世,临摹的就是梅府上的牵牛花。

我是颇喜欢一点花的。但是我既少空闲,又无水平。买几盆名贵的花,总养不了多久,就呜呼哀哉。因此,为了满足自己的美感享受,我只能像北京人说的那样看"蹭"花。现在有这样神奇的牵牛花,绚丽夺目的月季和唐菖蒲,就摆在眼前,我焉得不"蹭"呢?每到下班或者开会回来,看到老友在侍弄花,我总要停下脚步,聊上几句,看一看花。花美,地方也美,湖光如镜,杨柳依依,说不尽的旖旎风光,人在其中,顿觉尘世烦恼,一扫而光,仿佛遗世而独立了。

但是,世事往往有出人意料者。两个月前,我忽然听说,老友在夜里患了急病,不到几个小时,就离开了人间。我简直不敢相信,然而这又确是事实。我年届耄耋,阅历多矣,自谓已能做到"悲欢

园花寂寞红 ‖ 怀念母亲
Miss Mother

离合总无情"了。事实上并不是这样。我有情,有多得超过了需要的情,老友之死,我焉能无动于衷呢?"当时只道是寻常"这一句浅显而实深刻的词,又萦绕在我心中。

几天来,我每次走过那个小花园,眼前总仿佛看到老友的身影,嘴里叼着半根雪茄,笑眯眯的,蹲在那里,侍弄花草。这当然只是幻象。老友走了,永远永远地走了。我抬头看到那大朵的牵牛花和多姿多彩的月季花,她们失去了自己的主人。朵朵都低眉敛目,

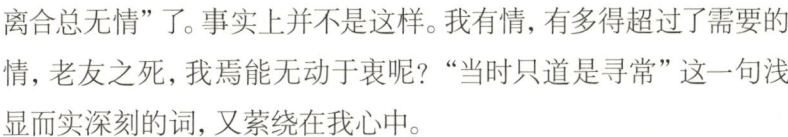

一脸寂寞相,好像"溅泪"的样子。她们似乎认出了我,知道我是自己主人的老友,知道我是自己的认真入迷的欣赏者,知道我是自己的知已。她们在微风中摇曳,仿佛向我点头,向我倾诉心中郁积的寂寞。

现在才只是夏末秋初。即使是寂寞吧,牵牛和月季仍然能够开花的。一旦秋风劲吹,落叶满山,牵牛和月季还能开下去吗?再过一些时候,冬天还会降临人间的。到了那时候,牵牛们和月季们只能被压在白皑皑的积雪下面的土里,做着春天的梦,连感到寂寞的机会都不会有了。

明年,春天总会重返大地的。春天总还是春天,她能让万物复苏,让万物再充满了活力。但是,这小花园的月季和牵牛花怎样呢?月季大概还能靠自己的力量长出芽来,也许还能开出几朵小花。然而护花的主人已不在人间。谁为她们施肥浇水呢?等待她们的不仅仅是寂寞,而是枯萎和死亡。至于牵牛花,没有主人播种,恐怕连幼芽也长不出来。她们将永远被埋在地中了。

我一想到这里,不禁悲从中来。眼前包围着月季和牵牛花的寂寞,也包围住了我。我不想再看到春天,我不想看到春天来时行将枯萎的月季,我不想看到连幼芽都冒不出来的牵牛。我虔心默祷上苍,不要再让春天降临人间了。如果非降临不行的话,也希望把我楼前池边的这一个小花园放过去,让这一块小小的地方永远保留夏末秋初的景象,就像现在这样。

1992年8月30日

晨
趣

文学的 fragrance 味道

一抬头,跟前一片金光:朝阳正跳跃在书架顶上玻璃盒内日本玩偶藤娘身上,一身和服,花团锦簇,手里拿着淡紫色的藤萝花,都熠熠发光,而且闪灼不定。

我开始工作的时候,窗外暗夜正在向前走动。不知怎样一来,暗夜已逝,旭日东升。这阳光是从哪里流进来的呢?窗外一棵高大的梧桐树,枝叶繁茂,仿佛张开了一张绿色的网。再远一点,在湖边上是成排的垂柳。所有这一些都不利于阳光的穿透。然而阳光确实流进来了,就流在藤娘身上……

然而,一转瞬间,阳光忽然又不见了,藤娘身上,一片阴影。窗外,在梧桐树和垂柳的缝隙里,一块块蓝色的天空。成群的鸽子正盘旋飞翔在这样的天空里,黑影在蔚蓝上面划上了弧线。鸽影落在湖中,清晰可见,好像比天空里的更富有神韵,宛如镜花水月。

朝阳越升越高,透过浓密的枝叶,一直照到我的头上。我心中一动,阳光好像有了生命,它启迪着什么,它暗示着什么。我忽然想到印度大诗人泰戈尔,每天早上对着初升的太阳,静坐沉思,幻想与天地同体,与宇宙合一。我从来没达到这样的境界,我没有这一份福气。可是我也感到太阳的威力,心中思绪腾翻,仿佛也能洞察三界,透视万有了。

现在我正处在每天工作的第二阶段的开头上。紧张地工作了一个阶段以后,我现在想缓松一下,心里有了余裕,能够抬一抬头,向四周,特别是窗外观察一下。窗外风光如旧,但是四季不同:春花,秋月,夏雨,冬雪,情趣各异,动人则一。现在正是夏季,浓绿扑人眉宇,鸽影在天,湖光如镜。多少年来,当然都是这样个样子。为什么过去我竟视而不见呢?今天,藤娘身上一点闪光,仿佛照透了我的心,让我抬起头来,以崭新的眼光,来衡量一切,眼前的东西既熟悉,又陌生,我仿佛搬到了一个新的地方,把我好奇的童心一下子都引逗起来了。我注视着藤娘,我的心却飞越茫茫大海,飞到了日本,怀念起赠送给我藤娘的室伏千津子夫人和室伏佑厚先生一家来。真挚的友情温暖着我的心……

窗外太阳升得更高了。梧桐树椭圆的叶子和垂柳的尖长的叶子，交织在一起，椭圆与细长相映成趣。最上一层阳光照在上面，一片嫩黄；下一层则处在背阴处，一片黑绿。远处的塔影，屹立不动。天空里的鸽影仍然在划着或长或短、或远或近的弧线。再把眼光收回来，则看到里面窗台上摆着的几盆君子兰，深绿肥大的叶子，给我心中增添了绿色的力量。

多么可爱的清晨，多么宁静的清晨！

此时我怡然自得，其乐陶陶。我真觉得，人生毕竟是非常可爱的，大地毕竟是非常可爱的。我有点不知老之已至了。我这个从来不写诗的人心中似乎也有点诗意。

此身合是诗人未？

鸽影湖光入目明。

我好像真正成为一个诗人了。

1988年10月13日

喜雨

季羡林

喜雨 ‖ 怀念母亲
Miss Mother

我是农民的儿子。在过去,农民是靠天吃饭的,雨是绝对不能缺少的。因此,我从识之无①的时候起,就同雨结下了剪不断理还乱的深厚的感情。

今年,北京缺雨,华北也普遍缺雨,我心急如焚。我窗外自己种的那一棵玉兰花开花的时候,甚至于到大觉寺去欣赏那几棵声名传遍京华的二三百年的老玉兰树开花的时候,我的心情都有点矛盾。我实在喜欢眼前的繁花,大觉寺我来过几次,但是玉兰花开得像今天这样,还从来没有见过。借用张锲同志一句话:"一看到这开成一团的玉兰花,眼前立刻亮了起来。"好一个"亮"字,亏他说得出来。但是,我忽然想到,春天里的一些花最怕雨打。我爱花,又盼雨,二者是鱼与熊掌的关系,不可得而兼也。我究竟何从呢?我之进退,实为狼狈。经过艰苦的"思想斗争",我毅然决然下了结论:我宁肯要雨。

在多日没有下过滴雨之后,我今天早晨刚在上面搭上铁板的阳台上坐定,头顶上铁板忽然清脆地响了一声:是雨滴的声音。我的精神一瞬间立即抖擞起来,"漫卷诗书喜欲狂",立即推开手边的稿纸,静坐谛听起来。铁板上,从一滴雨声起,清脆的响声渐渐多了起来,后来混成一团,连"大珠小珠落玉盘"也无法描绘了。此时我心旷神怡,浮想联翩。

我抬头看窗外,首先看到的就是那一棵玉兰花树,此时繁花久落,绿叶满枝。我仿佛听到在雨滴敲击下左右翻动的叶子正在那里悄声互相交谈:"伙计们!尽量张开嘴巴吸吮这贵如油的春雨吧!"我甚至看到这些绿叶在雨中跳起了华尔兹舞,舞姿优美整齐,我头顶上铁板的敲击声仿佛为它们的舞步伴奏。可惜我是一个舞盲,否则我也会破窗而出,同这些可爱的玉兰树

---
①之无:形容最基本最简单的汉字。

叶共同翩跹起舞。

　　眼光再往前挪动一下,就看到了那一片荷塘。此时冬天的坚冰虽然久已融化,垂柳鹅黄,碧水满塘,连"小荷才露尖尖角"的时候还没有到。但是,我仿佛有了"天眼通",看到水面下淤泥中嫩莲已经长出了小芽。这些小芽眼前还浸在水中。但是,它们也感觉到了上面水面上正在落着雨滴,打在水面上,形成了一个个的小而圆的漩涡。如果有摄影家把这些小漩涡摄下,这也不失为宇宙中的一种美,值得美学家们用一些只有他们才能懂的恍兮惚兮的名词来探讨甚至争论一番的。小荷花水底下的嫩芽我相信是不懂美学的,但是,它们懂得要生存,要成长。水面上雨滴一敲成小漩涡。它们立即感觉到了,它们也精神抖擞起来,互相鼓励督促起来:"伙伴们!拿出自己的劲头来,快快长呀!长呀!赶快长出水面,用我们自己的嘴吮吸雨滴。我们去年开花一千多朵,引起了燕园内外一片普遍热烈的赞扬声。今年我们也学一下时髦的说法,来它一个可持续发展,开上它两三千朵,给燕园内外的人士一个更大的惊异!"合着头顶上的敲击声,小荷的声音仿佛清晰可闻,给我喜雨的心情增添了新鲜的活力。

　　我浮想联翩,幻想一下飞出了燕园,飞到了我的故乡,我的故乡现在也是缺雨的地方。一年前,我曾回过一次故乡,给母亲扫墓。我六岁离开母亲,一别就是八年。母亲倚闾①之情我是能够理解一点的;但是我幻想,在我大学毕业以后,经济能独立了,然后迎养母亲。然而正如古人所说的:"树欲静而风不止,子欲养而亲不待也。"大学二年级时,母亲永远离开了我,只留得面影迷离,入梦难辨,风木之悲②伴随了我一生。我漫游世界,母亲迷离的面影始

---

①倚闾:指盼望子女归来。
②风木之悲:指父母亡故,不及待养的悲伤。

喜雨 ‖ 怀念母亲
Miss Mother

终没有离开过我。我今天已至望九之年，依然常梦见母亲，痛哭醒来，泪湿枕巾。

　　我离家的时候，家里已穷得揭不开锅。但不知为什么，母亲偏有二三分田地。庄稼当然种不上，只能种点绿豆之类的东西。我三四岁的时候曾跟母亲去摘过豆角。不管怎样，总是有了点土地。有了土地就同雨结了缘，每到天旱，我也学大人的样子，盼望下雨，翘首望天空的云霓。去年和今年，偏又天旱。在扫墓之后，在泪眼迷离中，我抬头瞥见坟头几棵干瘪枯黄的杂草，在风中摆动。我蓦地想到躺在下面的母亲，她如有灵，难道不会为她生前的那二三分地担忧吗？我痛哭欲绝，很想追母亲于地下。现在又凭空使我忧心忡忡。我真想学习一下宋代大诗人陆游："碧章夜奏通明殿，乞借春阴护海棠。"我是乞借春雨护禾苗。

　　幻想一旦插上了翅膀,就绝不会停止飞翔。我的幻想,从燕园飞到了故乡,又从故乡飞越了千山万水,飞到了非洲。我曾到过非洲许多国家,我爱那里的人民,我爱那里的动物和植物。我从电视中看到,非洲的广大地区也在大旱,土地龟裂,寸草不生。狮子、老虎、大象、斑马等等一大群野兽,在干旱的大地上,到处奔走,寻找一点水喝,一丛草吃,但都枉然,它们什么也找不到,有的就倒毙在地上。看到这情景,我心里急得冒烟,但却束手无策。中国的天老爷姓张,非洲的天老爷却不知姓字名谁,他大概也不住在什么通明殿上。即使我写了碧章,也不知向哪里投递。我苦思苦想,只有再来一次"碧章夜奏通明殿",请我们的天老爷把现在下着的春雨,分出一部分,带着全体中国人民的深厚情谊,分到非洲去降,救活那里的人民、禽、兽,还有植物,使普天之下共此甘霖。

　　我的幻想终于又收了回来,我兀坐在阳台上,谛听着头顶上的铁板被春雨敲得叮当作响,宛如天上宫阙的乐声。

1998年4月23日

寂
寞

文学的 fragrance 味道

寂寞像大毒蛇，盘住了我整个的心，我自己也奇怪：几天前喧腾的笑声现在还萦绕在耳际，我竟然给寂寞克服了吗？

但是，克服了，是真的，奇怪又有什么用呢？笑声虽然萦绕在耳际，早已恍如梦中的追忆了，我只有一颗心，空虚寂寞的心被安放在一个长方形的小屋里。我看四壁，四壁冰冷像石板，书架上一行行排列着的书，都像一行行的石块，床上棉被和大衣的折纹也都变成雕刻家手下的作品了。死寂，一切死寂，更死寂的却是我的心。——我到了庞培（Pompaii）①了么？不，我自己证明没有，隔了窗子。我还可以看见袅动的烟缕。虽然还在袅动，但是又是怎样地微弱呢？——我到了西敏斯大寺（Westminster Abbey）②了么？我自己又证明没有，我看不到阴森的长廊，看不到诗人的墓圹，我只是被装在一个长方形的小屋里，四周圈着冰冷的石板似的墙壁，我究竟在什么地方呢？桌子上那两盆草的曼长嫩绿的枝条，反射在镜子里的影子，我透过玻璃杯看到的淡淡的影子；反射在电镀过的小钟座上的影子，在平常总轻轻地笼罩上一层绿雾，不是很美丽有生气的吗？为什么也变成浮雕般的呆僵着不动？——一切完了，一切都给寂寞吞噬了，寂寞凝定在墙上挂的相片上，凝定在屋角的蜘蛛网上，凝定在镜子里我自己的影子上……

一切都真的给寂寞吞噬了吗？不，还有我自己，我试着抬一抬胳膊，还能抬得起，我摆了摆头，镜子里的影子也还随着动，我自己问：是谁把我放在这里的呢？是我自己，现在我才发现，就是自己，我能逃——

我能逃，然而，寂寞又跟上我了呀！在平常我们跑着百米抢书的图书馆，不是很热闹的吗？现在为什么也这样冷清呢？我从这头

---

①庞培（Pompaii）：即庞贝城，地中海沿岸一座历史悠久的古城，公元79年维苏威火山爆发，大量的火山灰瞬间将这座城市湮没。
②西敏斯大寺（Westminster Abbey）：即伦敦泰晤士河北岸的威斯敏斯特教堂。

寂寞 ‖ 怀念母亲
Miss Mother

看到那头,像看一个朦胧的残梦,淡黄的阳光从窗子里穿进来造成一条光的路,又射在光滑的桌面上,不耀眼,不辉腾,只是死死地贴在桌上,像——像什么呢?我不愿意说,像乡间黑漆棺材上贴的金边,寥寥的几个看书的,错落地散坐着,使我想到月明夜天空里的星星,但也都石像似的坐着,不响也不动,是人么?不是,我左右看全不像,像木乃伊?又不像,因为我闻不到木乃伊应该有的那种香味,像死尸?有点,但也不全像,——我看到他们僵坐的姿势了,我看到他们一个个的翻着的死白的眼了。我现在知道他们像什么,像鱼市里的死鱼,一堆堆地排列着。鼓着肚皮,翻着白眼,可怕!然而我能逃,然而寂寞又跟上了我,我向哪里逃呢?

到了世界的末日了吗?世界的末日,多可怕!以前我曾自己想

象,自己是世界上最后的一个生物,因了这无谓的想象,我流过不知多少汗,但是现在却真教我尝到这个滋味了。天空倒挂着,像个盆,远处的西山,近处的楼台,都仿佛剪影似的贴在这灰白盆底上,小鸟缩着脖子站在土山上。不动,像博物院里的标本,流水在冰下低缓地唱着丧歌,天空里破絮似的云片,看来像一贴贴的膏药,糊在我这寂寞的心上,枯枝丫杈着,看来像鱼刺,也刺着我这寂寞的心。

但是,我在身旁发现有人影在游动了,我知道,我自己不是世界上最后的生物,我在内心里浮起一丝笑意。但是(又是但是)却怪没等这笑意浮到脸上,我又看到我身旁的人也同样翻着死白的眼,像木乃伊?像僵尸?像鱼市上陈列的死鱼?谁耐心去管,战栗通过了我全身,我想逃,寂寞驱逐着我,我想逃,向哪里逃呢?——天哪!我不知道向哪里逃了。

夜来了,随了夜来的是更多的寂寞。当我从外面走回宿舍的时候,四周死一般沉寂,但总仿佛有窸窣的脚步声绕在我四周,说声,其实哪里有什么声呢?只是我觉得有什么东西跟着我而已,倘若在白天,我一定说这是影子;倘若睡着了,我一定说这是梦,究竟是什么呢?我知道,这是寂寞,从远处我看到压在黑暗的夜气下面的宿舍,以前不是每个窗子都射出温热的软光来么?但是,变了,一切变了,大半的窗子都黑黑的,闭着寥寥的几个窗子,无力地迸射出几条光线来,又都是怎样暗淡灰白呢?——不,这不是窗子里射出的灯光,这是墓地里的鬼火,这是魔窟里发出的魔光,我是到了鬼影憧憧的世界里了,我自己也成了鬼影了。

我平卧在床上,让柔弱的灯光流在我身上,让寂寞在我四周跳动,静听着远处传来的登登的足音,隐隐地,细细弱弱到听不清,听不见了,这声音从哪里传来的呢?是从辽远又辽远的国土里呀!是从寂寞的大沙漠里呀!但是,又像比辽远的国土更辽远;我的小

寂寞 ‖ 怀念母亲
Miss Mother

屋是坟墓,这声音是从墓外过路人的脚下踞出来的呀!离这里多远呢?想象不出,也不能想象,望吧!是一片茫茫的白海流布在中间,海里是什么呢?是寂寞。

隔了窗子,外面是死寂的夜,从蒙翳的玻璃里看出去,不见灯光;不见一切东西的清晰的轮廓,只是黑暗,在黑暗里的迷离的树影,丫杈着,刺着暗灰的天。在三个月前,这秃光的枯枝上,有过一串串的叶子,在萧瑟的秋风里打战,又罩上一层淡淡的黄雾。再往前,在五六个月以前吧,同样的这枯枝上织上一丛丛的茂密的绿,在雨里凝成浓翠;在毒阳下闪着金光。倘若再往前推,在春天里,这枯枝上嵌着一颗颗火星似的红花,远处看,辉耀着像火焰。但是,一转眼,溜到现在,现在怎样了呢?变了,全变了,只剩了秃光的枯枝,刺着天空,把小小的温热的生命力蕴蓄在这枯枝的中心,外面披上这层刚劲的皮,忍受着北风的狂吹;忍受着白雪的凝固;忍受着寂寞的来袭,同我一样。它也该同我一样切盼着春的来临,切盼着寂寞的退走吧。春什么时候会来呢?寂寞什么时候会走呢?这漫漫的长长的夜,这漫漫的更长的冬……

1934年1月22日

月是故乡明

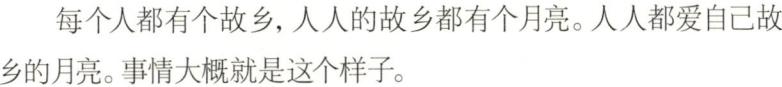

月是故乡明 ‖ 怀念母亲
Miss Mother

每个人都有个故乡,人人的故乡都有个月亮。人人都爱自己故乡的月亮。事情大概就是这个样子。

但是,如果只有孤零零一个月亮,未免显得有点孤单。因此,在中国古诗文中,月亮总有什么东西当陪衬,最多的是山和水,什么"山高月小"、"三潭印月"等等,不可胜数。

我的故乡是在山东西北部大平原上。我小的时候,从来没有见过山,也不知山为何物。我曾幻想,山大概是一个圆而粗的柱子吧,顶天立地,好不威风。以后到了济南,才见到山,恍然大悟:山原来是这个样子呀!因此,我在故乡里望月,从来不同山联系。像苏东坡说的"月出于东山之上,徘徊于斗牛之间",完全是我无法想象的。

至于水,我的故乡小村却大大地有。几个小苇坑占了小村面积一多半。在我这个小孩子眼中,虽不能像洞庭湖"八月湖水平"那样有气派,但也颇有一点烟波浩渺之势。到了夏天,黄昏以后,我在坑边的场院里躺在地上,数天上的星星。有时候在古柳下面点起篝火,然后上树一摇,成群的知了飞落下来,比白天用嚼烂的麦粒去粘要容易得多。我天天晚上乐此不疲,天天盼望黄昏早早来临。

到了更晚的时候,我走到坑边,抬头看到晴空一轮明月,清光四溢,与水里的那个月亮相映成趣。我当时虽然还不懂什么叫诗兴,但也顾而乐之,心中油然有什么东西在萌动。有时候在坑边玩很久,才回家睡觉。在梦中见到两个月亮叠在一起。清光更加晶莹澄澈。第二天一早起来,到坑边苇子丛里去捡鸭子下的蛋,白白地一闪光,手伸向水中,一摸就是一个蛋。此时更是乐不可支了。

我只在故乡待了六年,以后就离乡背井,漂泊天涯。在济南住了十多年,在北京度过四年,又回到济南待了一年,然后在欧洲住了十一年,重又回到北京,到现在已经四十多年了。在这期间,我曾到过世界上将近三十个国家,我看过许许多多的月亮,在风光旖旎的瑞士莱芒湖上,在平沙无垠的非洲大沙漠中,在碧波万顷的大海

文学的 *fragrance* 味道

中，在巍峨雄奇的高山上，我都看到过月亮，这些月亮应该说都是美妙绝伦的，我都异常喜欢。但是，看到它们，我立刻就想到我故乡中那个苇坑上面和水中的那个小月亮。对比之下，无论如何我也感到，这些广阔世界的大月亮，万万比不上我那心爱的小月亮。不管我离开我的故乡多少万里，我的心立刻就飞来了。我的小月亮，我永远忘不掉你！

我现在已经年近耄耋，住的朗润园是燕园胜地。夸大一点说，此地有茂林修竹，绿水环流还有几座土山，点缀其间。风光无疑是

月是故乡明 ‖ 怀念母亲
Miss Mother

绝妙的。前几年,我从庐山休养回来,一个同在庐山休养的老朋友来看我。他看到这样的风光,慨然说:"你住在这样的好地方,还到庐山去干嘛呢!"可见朗润园给人印象之深。此地既然有山,有水,有树,有竹,有花,有鸟,每逢望夜,一轮当空,月光闪耀于碧波之上,上下空濛,一碧数顷,而且荷香远溢,宿鸟幽鸣,真不能不说是赏月胜地。荷塘月色的奇景,就在我的窗外。不管是谁来到这里,难道还能不顾而乐之吗?

然而,每值这样的良辰美景,我想到的却仍然是故乡苇坑里的那个平凡的小月亮。见月思乡,已经成为我经常的经历。思乡之病,说不上是苦是乐,其中有追忆,有惆怅,有留恋,有惋惜。流光如逝,时不再来。在微苦中实有甜美在。

月是故乡明,我什么时候能够再看到我故乡的月亮呀!我怅望南天,心飞向故里。

重返哥廷根

重返哥廷根 ‖ 怀念母亲

Miss Mother

我真是万万没有想到，经过了三十五年的漫长岁月，我又回到这个离开祖国几万里的小城里来了。

我坐在从汉堡到哥廷根的火车上，我简直不敢相信这是事实。难道是一个梦吗？我频频问着自己。这当然是非常可笑的，这毕竟就是事实。我脑海里印象历乱，面影纷呈。过去三十多年来没有想到的人，想到了；过去三十多年来没有想到的事，想到了。我那一些尊敬的老师，他们的笑容又呈现在我眼前。我那像母亲一般的女房东，她那慈祥的面容也呈现在我眼前。那个宛宛婴婴的女孩子伊尔穆嘉德，也在我眼前活动起来。那窄窄的街道，街道两旁的铺子，城东小山的密林，密林深处的小咖啡馆，黄叶丛中的小鹿，甚至冬末春初时分从白雪中钻出来的白色小花雪钟，还有很多别的东西，都一齐争先恐后地呈现到我眼前来。一霎时，影像纷乱，我心里也像开了锅似的激烈地动荡起来了。

火车一停，我飞也似的跳了下去，踏上了哥廷根的土地。忽然有一首诗涌现出来：

　　少小离家老大回，

　　乡音无改鬓毛衰。

　　儿童相见不相识，

　　笑问客从何处来。

怎么会涌现这样一首诗呢？我一时有点茫然、懵然。但又立刻意识到，这一座只有十来万人的异域小城，在我的心灵深处，早已成为我的第二故乡了。我曾在这里度过整整十年，是风华正茂的十年。我的足迹印遍了全城的每一寸土地。我曾在这里快乐过，苦恼过，追求过，幻灭过，动摇过，坚持过。这一座小城实际上决定了我一生要走的道路。这一切都不可避免地要在我的心灵上打上永不磨灭的烙印。我在下意识中把它看作第二故乡，不是非常自然的吗？

文学的味道

  我今天重返第二故乡，心里面思绪万端，酸甜苦辣，一齐涌上心头。感情上有一种莫名其妙的重压，压得我喘不过气来，似欣慰，似惆怅，似追悔，似向往。小城几乎没有变。市政厅前广场上矗立的有名的抱鹅女郎的铜像，同三十五年前一模一样。一群鸽子仍然像从前一样在铜像周围徘徊，悠然自得。说不定什么时候一声呼哨，飞上了后面大礼拜堂的尖顶。我仿佛昨天才离开这里，今天又回来了。我们走下地下室，到地下餐厅去饭。里面陈设如旧，座位如旧，灯光如旧，气氛如旧。连那年轻的服务员也仿佛是当年的那一位。我仿佛昨天晚上才在这里吃过饭。广场周围的大小铺子都没有变。那几家著名的餐馆，什么"黑熊"、"少爷餐厅"等等，都还在原地。那两家书店也都还在原地。总之，我看到的一切都同原来一模一样。我真的离开这座小城已经三十五年了吗？

  但是，正如中国古人所说的，江山如旧，人物全非。环境没有改变，然而人物却已经大大地改变了。我在火车上回忆到的那一些人，有的如果还活着的话年龄已经过了一百岁，这些人的生死存亡就用不着去问了。那些计算起来还没有这样老的人，我也不敢贸然去问，怕从被问者的嘴里听到我不愿意听到的消息。我只绕着弯子问上那么一两句，得到的回答往往不得要领，模糊得很。这不能怪别人，因为我的问题就模糊不清。我现在非常欣赏这种模糊，模糊中包含着希望。可惜就连这种模糊也不能完全遮盖住事实。结果是：访旧半为鬼，惊呼热中肠。我只能在内心里用无声的声音来惊呼了。

  在惊呼之余，我仍然坚持怀着沉重的心情去访旧。首先我要去看一看我住带整整十年的房子。我知道，我那母亲般的女房东欧朴尔太太早已离开了人世。但是房子却还存在，那一条整洁的街道依旧整洁如新。从前我经常看到一些老太太用肥皂来洗刷人行道，现在这人行道仍然像是刚才洗刷过似的，躺下去打一个滚，绝不会沾上一点尘土。街拐角处那一家食品商店仍然开着，明亮的大玻璃窗

重返哥廷根 ‖ 怀念母亲
Miss Mother

子里面陈列着五光十色的食品。主人却不知道已经换了第几代了。我走到我住过的房子外面，抬头向上看，看到三楼我那一间房子的窗户，仍然同以前一样摆满了红红绿绿的花草，当然不是出自欧朴尔太太之手。我蓦地一阵恍惚，仿佛我昨晚才离开，今天又回家来了。我推开大门，大步流星地跑上三楼。我没有用钥匙去开门，因为我意识到，现在里面住的是另外一家人了。从前这座房子的女主人恐怕早已安息在什么墓地里了，墓上大概也栽满了玫瑰花吧。我经常梦见这所房子，梦见房子的女主人，如今却人去楼空了。我在这里度过的十年中，有愉快，有痛苦，经历过轰炸，忍受过饥饿。男房东逝世后，我多次陪着女房东去扫墓。我这个异邦的青年成了她身边的唯一的亲人。无怪我离开时她嚎啕痛哭。我回国以后，最初若干年，还经常通信。后来时移事变，就断了联系。我曾痴心妄想，还想再见她一面。而今我确实又来了哥廷根，然而她却再也见不到，永远永远地见不到了。

　　我徘徊在当年天天走过的街头，这里什么地方都有过我的足迹。家家门前的小草坪上依然绿草如茵。今年冬雪来得早了一点，10月中，就下了一场雪。白雪、碧草、红花，相映成趣。鲜艳的花朵赫然傲雪怒放，比春天和夏天似乎还要鲜艳。我在一篇短文《海棠花》里描绘的那海棠花依然威严地站在那里。我忽然回忆起当年的冬天，日暮天阴，雪光照眼，我扶着我的吐火罗文和吠陀语老师西克教授，慢慢地走过十里长街。心里面感到凄清，但又感到温暖。回到祖国以后，每当下雪的时候，我便想到这一位像祖父一般的老人。回首前尘，已经有四十多年了。

　　我也没有忘记当年几乎每一个礼拜天都到的席勒草坪。它就在小山下面，是进山必由之路。当年我常同中国学生或德国学生，在席勒草坪散步之后，就沿着弯曲的山径走上山去，曾登上俾思麦塔，俯瞰哥廷根全城；曾在小咖啡馆里流连忘返；曾在大森林中茅

亭下躲避暴雨；曾在深秋时分惊走觅食的小鹿，听它们脚踏落叶一路窸窸窣窣地逃走。甜蜜的回忆是写也写不完的。今天我又来到这里，碧草如旧，亭榭犹新。但是当年年轻的我已颓然一翁，而旧日游侣早已荡若云烟，有的离开了这个世界，有的远走高飞，到地球的另一半去了。此情此景，人非木石，能不感慨万端吗？

我在上面讲到江山如旧，人物全非。幸而还没有真正地全非。几十年来我昼思梦想最希望还能见到的人，最希望他们还能活着的人，我的"博士父亲"，瓦尔德施米特教授和夫人居然还都健在。教授已经是八十三岁高龄，夫人比他寿更高，是八十六岁。一别三十五年，今天重又会面，真有相见疑梦之感。老教授夫妇显然非常激动，我心里也如波涛翻滚，一时说不出话来。我们围坐在不太亮的电灯光下，杜甫的名句一下子涌上我的心头：

人生不相见，

动如参与商。

今夕复何夕？

共此灯烛光。

四十五年前我初到哥廷根我们初次见面，以及以后长达十年相处的情景，历历展现在眼前。那十年是剧烈动荡的十年，中是插上了一个第二次世界大战，我们没有能过上几天好日子。最初几年，我每次到他们家去吃晚饭时，他那个十几岁的独生儿子都在座。有一次教授同儿子开玩笑："家里有一个中国客人，你明天到学校去又可以张扬吹嘘一番了。"哪里知道，大战一爆发，儿子就被征从军，一年冬天，战死在北欧战场上。这对他们夫妇俩的打击，是无法形容的。不久，教授也被征从军。他心里怎样想，我不好问，他也不好说。看来是默默地忍受痛苦。他预订了剧院的票，到了冬天，剧院开演，他不在家，每周一次陪他夫人看戏的任务，就落到我肩上。深夜，演出结束后，我要走很长的道路，把师母送到他们山

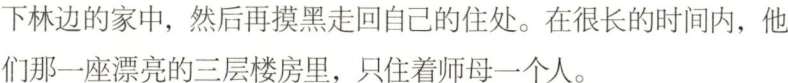

下林边的家中,然后再摸黑走回自己的住处。在很长的时间内,他们那一座漂亮的三层楼房里,只住着师母一个人。

他们的处境如此,我的处境更要糟糕。烽火连年,家书亿金。我的祖国在受难,我的全家老老小小在受难,我自己也在受难。中夜枕上,思绪翻腾,往往彻夜不眠。而且头上有飞机轰炸,肚子里没有食品充饥,做梦就梦到祖国的花生米。有一次我下乡去帮助农民摘苹果,报酬是几个苹果和五斤土豆。回家后一顿就把五斤土豆吃了精光,还并无饱意。

大概有六七年的时间,情况就是这个样子。我的学习、写论文、参加口试、获得学位,就是在这种情况下进行的。教授每次回家度假,都听我的汇报,看我的论文,提出他的意见。今天我会的这一点点东西,哪一点不包含教授的心血呢?不管我今天的成就还是多么微小,如果不是他怀着毫不利已的心情对我这一个素昧平生的异邦的青年加以诱掖教导的话,我能够有什么成就呢?所有这一切我能够忘记得了吗?

现在我们又会面了。会面的地方不是在我所熟悉的那一所房子里,而是在一所豪华的养老院里。别人告诉我,他已经把房子赠给哥廷根大学印度学和佛教研究所,把汽车卖掉,搬到这一所养老院里来了。院里富丽堂皇,应有尽有,健身房、游泳池,无不齐备。据说,饭食也很好。但是,说句不好听的话,到这里来的人都是七老八十的人,多半行动不便。对他们来说,健身房和游泳池实际上等于聋子的耳朵。他们不是来健身的,而是来等死的。头一天晚上还在一起吃饭、聊天,第二天早晨说不定就有人见了上帝。一个人生活在这样的环境中,心情如何,概可想见。话又说了回来,教授夫妇孤苦伶仃,不到这里来,又到哪里去呢?

就是在这样一个地方,教授又见到了自己几十年没有见面的弟子。他的心情是多么激动,又是多么高兴,我无法加以描绘。我一下

汽车就看到在高大明亮的玻璃门里面,教授端端正正地坐在圈椅上。他可能已经等了很久,正望眼欲穿哩。他瞪着慈祥昏花的双目瞧着我,仿佛想用目光把我吞了下去。握手时,他的手有点颤抖。他的夫人更是老态龙钟,耳朵聋,头摇摆不停,同三十多年前完全判若两人了。师母还专为我烹制了当年我在她家常吃的食品。两位老人齐声说:"让我们好好地聊一聊老哥廷根的老生活吧!"他们现在大概只能用回忆来填充日常生活了。我问老教授还要不要中国关于佛教的书,他反问我:"那些东西对我还有什么用呢?"我又问他正在写什么东西。他说:"我想整理一下以前的旧稿;我想,不久就要打住了!"从一些细小的事情上来看,老两口的意见还是有一些矛盾的。看来这相依为命的一双老人的生活是阴沉的、郁闷的。在他们前面,正如鲁迅在《过客》中所写的那样:

"前面?前面,是坟。"

我心里陡然凄凉起来,老教授毕生勤奋,著作等身,名扬四海,受人尊敬,老年就这样度过吗?我今天来到这里,显然给他们带来了极大的快乐。一旦我离开这里,他们又将怎样呢?可是,我能永远在这里待下去吗?我真有点依依难舍,尽量想多待些时候。但是,千里凉棚,没有不散的筵席。我站起来,想告辞离开。老教授带着乞求的目光说:"才10点多钟,时间还早嘛!"我只好重又坐下。最后到了深夜,我狠了狠心,向他们说了声:"夜安!"站起来,告辞出门。老教授一直把我送下楼,送到汽车旁边,样子是难舍难分。此时我的心潮翻滚,我明确地意识到,这是我们最后一面了。但是,为了安慰他,或者欺骗他,也为了安慰我自己,或者欺骗我自己,我脱口说了一句话:"过一两年,我再回来看你!"声音从自己嘴里传到自己耳朵,显得空荡、虚伪,然而却又真诚。这真诚感动了老教授,他脸上现出了笑容:"你可答应了我了,过一两年再回来!"我还有什么话好说呢?我噙着眼泪,钻进了汽车。汽车开走时,回

文学的 fragrance 味道

　　头看到老教授还站在那里，一动也不动，活像是一座塑像。

　　过了两天，我就离开了哥廷根。我乘上了一列开到另一个城市去的火车。坐在车上，同来时一样，我眼前又是面影迷离，错综纷杂。我这两天见到的一切人和物，一一奔凑到我的面前来；只是比来时在火车上看到的影子清晰多了，具体多了。在这些迷离错乱的面影中，有一个特别清晰、特别具体、特别突出，它就是我在前天夜里看到的那一座塑像。愿这一座塑像永远停留在我的眼前，永远停留在我的心中。

富春江上

记得在什么诗话上读到过两句诗：

到江吴地尽，

隔岸越山多。

诗话的作者认为是警句，我也认为是警句。但是当时我却只能欣赏诗句的意境，而没有丝毫感性认识。不意我今天竟亲身来到了钱塘江畔富春江上。极目一望，江水平阔，浩渺如海；隔岸青螺数点，微痕一抹，出没于烟雨迷蒙中。"隔岸越山多"的意境我终于亲临目睹了。

钱塘、富春都是具有诱惑力的名字。实际的情况比名字更有诱惑力。我们坐在一艘游艇上。江水青碧，水声淙淙。艇上偶见白鸥飞过，远处则是点点风帆。黑色的小燕子在起伏翻腾的碎波上贴水面飞行，似乎是在努力寻觅着什么。我虽努力探究，但也只见它们忙忙碌碌，匆匆促促，最终也探究不出，它们究竟在寻觅什么。岸上则是点点的越山，飞也似的向艇后奔。一点消逝了，又出现了新的一点，数十里连绵不断。难道诗句中的"多"字表现的就是这个意境吗？

眼中看到的虽然是当前的景色，但心中想到的却是历史的人物。谁到了这个吴越分界的地方不会立刻就想到古代的吴王夫差和越王勾践的冲突呢？当年他们钩心斗角互相角逐的情景，今天我们已经无从想象了。但是乱箭齐发、金鼓轰鸣的搏斗总归是有的。这种鏖兵的情况无论如何同这样的青山绿水也不能协调起来。人世变幻，今古皆然。在人类前进的征途上，这些都是不可避免的。但青山绿水却将永在。我们今天大可不必庸人自扰，为古人担忧，还是欣赏眼前的美景吧！

但是，我的幻想却不肯停止下来。我心头的幻想，一下子又变成了眼前的幻象。我的耳边响起了诗僧苏曼殊的两句诗：

春雨楼头尺八箫，

何时归看浙江潮。

富春江上 ‖ 怀念母亲
Miss Mother

这里不正是浙江钱塘潮的老家吗？我平生还没有看到浙江潮的福气。这两句诗我却是喜欢的，常常在无意中独自吟咏。今天来到钱塘江上，这两句诗仿佛是自己来到了我的耳边。耳边诗句一响，眼前潮水就涌了起来：

怒声汹汹势悠悠，
罗刹江边地欲浮。
漫道往来存大信，
也知反覆向平流。
狂抛巨浸疑无底，
猛过西陵似有头。
至竟朝昏谁主掌，
好骑赪鲤问阳侯。

但是，幻象毕竟只是幻象。一转瞬间，"怒声汹汹"的江涛就消逝得无影无踪，眼前江水平阔，浩渺如海，隔岸青螺数点，微痕一抹，出没于烟雨迷蒙中。

可是竟完全出我意料：在平阔的水面上，在点点青螺上，竟又出现了一个人的影子。它飘浮飞驶，"翩若惊鸿，婉如游龙"，时隐时现，若即若离，追逐着海鸥的翅膀，跟随着小燕子的身影，停留在风帆顶上，飘动在波光潋滟中。我真是又惊又喜。"胡为乎来哉？"难道因为这里是你的家乡才出来欢迎我吗？我想抓住它；这当然是不可能的。我想正眼仔细看它一看；这也是不可能的。但它又不肯离开我，我又不能不看它。这真使我又是兴奋，又是沮丧；又是希望它飞近一点，又是希望它离远一点儿。我在徒唤奈何中看到它飘浮飞动，定睛敛神，只看到青螺数点，微痕一抹，出没于烟雨迷蒙中。

我们就这样到了富阳。这是我们今天艇游的终点。我们舍舟登陆，爬上了有名的鹳山。山虽不高，但形势极好。山上层楼叠阁，曲径通幽,花木扶疏,窗明几净。我们登上了春江第一楼,凭窗远望,富春江景色尽收眼底。因为高,点点风帆显得更小了,而水上的小燕子则小得无影无踪。想它们必然是仍然忙忙碌碌地在那里飞着,可惜我们一点儿也看不着,只能在这里想象了。山顶上树木参天,森然苍蔚。最使我吃惊的是参天的玉兰花树。碗大的白花在绿叶丛中探出头来,同北地的玉兰花一比,大小悬殊,颇使我这个北方人有点儿目瞪口呆了。

　　在山边上一座石壁下是名闻天下的严子陵钓台。宋朝大诗人苏东坡写的四个大字:登云钓月,赫然镌刻在石壁上。此地距江面相当远,钓鱼无论如何是钓不着的。遥想两千多年前,一个披着蓑衣的老头子,手持几十丈长的钓竿,垂着几十丈长的钓丝,孤零零一个人,蹲

在这石壁下,等候鱼儿上钩,一动也不动,宛如一个木雕泥塑。这样一幅景象,无论如何也难免有滑稽之感。古人说:姑妄言之姑听之,过分认真,反会大煞风景。难道宋朝的苏东坡就真正相信吗?此地自然风光,天下独绝,有此一个传说,更会增加自然风光的妩媚,我们就姑妄听之吧!

文学的味道

两年前，我曾畅游黄山。那里景色之奇丽瑰伟，使我大为惊叹。窃念大化造物，天造地设，独垂青于中华大地。我觉得生为一个中国人，是十分幸福的，是非常值得骄傲的。今天我又来到了富春江上。这里景色明丽，秀色天成，同样是美，但却与黄山形成了鲜明的对照。如果允许我借用一个现成的说法的话，那么一个是阳刚之美，一个是阴柔之美。刚柔不同，其美则一，同样使我惊叹。我们祖国大地，江山如此多娇，我的幸福之感，骄傲之感，便油然而生。我眼前的富春江在我眼中更增加了明丽，更增加了妩媚，仿佛是一条天上的神江了。

在这里，我忽然想到唐代诗人孟浩然的二首著名的诗：《宿桐庐江寄广陵旧游》：

　　山暝听猿愁，
　　沧江急夜流。
　　风鸣两岸叶，
　　月照一孤舟。
　　建德非吾土，
　　维扬忆旧游。
　　还将两行泪，
　　遥寄海西头。

孟浩然说"建德非吾土"，在当时的情况下，这种心情是容易理解的。他忆念广陵，便觉得建德非吾土。到了今天，我们当然不会再有这样的感觉了，我觉得桐庐不但是"吾土"，而且是"吾土"中的精华。同黄山一样，有这样的"吾土"就是幸福的根源。非吾土的感觉我是有过的。但那是在国外，比如说瑞士，那里的山水也是十分神奇动人的，我曾为之颠倒过，迷惑过。但一想到"山川信美非吾土"，我就不禁有落寞之感。今天在富春江上，我丝毫也不会有什么落寞之感。正相反，我是越看越爱看，越爱看便越觉

富春江上 ‖ 怀念母亲
Miss Mother

得幸福,在这风物如画的江上,我大有手舞足蹈之意了。

我当然也还感到有点儿美中不足。我从小就背诵梁代大文学家吴均的一篇名作《与宋元思书》。这封信里描绘的正是富春江的风景:

风烟俱净,天山共色。从流飘荡,任意东西。自富阳至桐庐,一百许里,奇山异水,天下独绝。

上面就是对这"奇山异水"的描绘,那确是非常动人的。然而他讲的是"自富阳至桐庐",我今天刚刚到了富阳,便戛然而止,好像是一篇绝妙的文章,只读了一个开头。这难道不是天大的憾事吗?然而,这一件憾事也自有它的绝妙之处,妙在含蓄。我知道前面还有更奇丽的景色,偏偏今天就不让你看到。我望眼欲穿,向着桐庐的方向望去,根据吴均的描绘,再加上我自己的幻想,把那一百多里的奇山异水给自己描绘得如阆苑仙境,自己感到无比的快乐,我的心好像就在这些奇山异水上飞驰。

等到我耳边听到有点嘈杂声,是同伴们准备回去的时候了。我抬眼四望,唯见青螺数点,微痕一抹,出没于烟雨迷蒙中。

回忆

回忆 ‖ 怀念母亲
Miss Mother

　　回忆很不好说。究竟什么才算是回忆呢？我们时时刻刻沿了人生的路向前走着，时时刻刻有东西映入我们的眼里。——即如现在吧，我一抬头就可以看到清浅的水仙花盆里反射的冷光，漫在水里的石子的晕红和翠绿，茶杯里残茶在软柔的灯光下照出的几点金星。但是，一转眼，眼前的这一切，早跳入我的意想里，成轻烟，成细雾，成淡淡的影子，再看起来，想起来，说起来的话，就算是我的回忆了。

　　只说眼前这一步，只有这一点淡淡的影子，自然是迷离的。但是我自从踏到世界上来，走过不知多少的路。回望过去的茫茫里，有着我的足迹叠成的一条白线，一直引到现在，而且还要引上去。我走过都市的路，看尘烟缭绕在栉比的高屋的顶上。我走过乡村的路，看似水的流云笼罩着远村，看金海似的麦浪。我走过其他许许多多的路，看红的梅，白的雪，潋滟的流水，十里稷稷的松墅，死人的蜡黄的面色，小孩充满了生命力的踊跃。我在一条路上接触到种种的面影，熟悉的，不熟悉的。这一切的一切都在我走着的时候，蓦地成轻烟，成细雾，成淡淡的影子，储在我的回忆里。有的也就被埋在回忆的暗陬（zōu）里，忘了。当我转向另一条路的时候，随时又有新的东西，另有一群面影凑集在我的眼前。蓦地又成轻烟，成细雾，成淡淡的影子，移入我的回忆里，自然也有的被埋在暗陬里，忘了。新的影子挤入来，又有旧的被挤到不知什么地方去幻灭，有的简直就被挤了出去。以后，当另一群更新的影子挤进来的时候，这新的就追踪了旧的命运。就这样，挤出，挤进，一直到现在。我的回忆里残留着各样的影子、色彩，分不清先先后后，紊混成一团了。

　　我就带着这紫混的一团从过去的茫茫里走上来。现在抬头就可以看到水仙花盆里反射的水的冷光，水里石子的晕红和翠绿，残茶在灯下照出的几点金星。自然，前面已经说过，这些都要倏地变成影子，移入回忆里，移入这紫混的一团里，但是在未移入以前，这

文学的 fragrance 味道

萦混的一团影子说不定就在我的脑里浮动起来，我就自然陷入回忆里去了——陷入回忆里去，其实是很不费力的事。我面对着当前的事物。不知怎地，迷离里忽然电光似的一掣，立刻有灰蒙蒙的一片展开在我的意想里，仿佛是空空的，没有什么，但随便我想到曾经见过的什么，立刻便有影子浮现出来。跟着来的还不只一个影子，两个，三个，多，更多了。影子在穿梭，在萦混。又仿佛电光似的一掣，我又顺着一条线回忆下去。比如回忆到故乡里的秋吧。先仿佛看到满场里乱摊着的谷子，黄黄的。再看到左右摆动的老牛的头，飘浮着云烟的田野，屋后银白的一片秋芦。再沉一下心，还仿佛能听到老牛的喘气，柳树顶蝉的曳长了的鸣声。豆荚在日光下毕剥的炸裂声。蓦地，有如阴云漫过了田野，只在我的意想里一晃，在故乡里的这些秋的影子上面，又挤进来别的影子了——红的梅，白的雪，潋滟的流水，十里稷稷的松壑，死人的蜡黄的面色，小孩充满了生命力的踊跃。同时，老牛的影，芦花的影，田野的影，也站在我的心里的一个角隅里。这许多的影子掩映着，混起来。我再不能顺着刚才的那条线想下去。又有许多别的历乱的影子在我的意念里跳动。如电光火石，眩了我的眼睛。终于我一无所见，一无所忆。仍然展开了灰蒙蒙的一片，空空的，什么也没有。我的回忆也就停止了。

我的回忆停止了，但是绝不能就这样停止下去。我仍然说，我们时时刻刻沿着人生的路向前走着，时时刻刻就有回忆萦绕着我们。——再说到现在吧。灯光平流到我面前的桌上，书页映出了参差的黑影，看到这黑影，我立刻想到在过去不知什么时候看过的远山的淡影。玻璃杯反射着清光，看了这清光，我立刻想到月明下千里的积雪。我正写着字，看了这一颗颗的字，也使我想到阶下的蚁群……倘若再沉一下心，我可以想到过去在某处见过这样的山的淡影。在另一个地方也见过这样的影子，纷纷的一团。于是想了开去，想到同这影子差不多的影子，纷纷的一团。于是又想了开去，仍然

回忆 ‖ 怀念母亲
Miss Mother

是纷纷的一团影子。但是同这山的淡影,同这书页映出的参差的黑影却没有一点关系了。这些影子还没幻灭的时候,又有别的影子隐现在他们后面。朦胧,暗淡,有着各样的色彩。再往里看,又有一层影子隐现在这些影子后面,更朦胧,更暗淡,色彩也更繁复。……一层,一层,看上去,没有完。越远越暗淡了下去。到最后,只剩了那么一点绰绰的形象。就这样,在我的回忆里,一层一层地,这许许多多的影子、色彩,分不清先先后后,又萦混成一团了。

我仍然带了这萦混的一团影走上去。倘若要问:这些影子都在什么地方呢?我却说不清了。往往是这样,一闭眼,先是暗冥冥的一片,再一看,里面就有影子。但再问:这暗冥冥的一片在什么地方呢?恐怕只有天知道吧。当我注视着一件东西发愣的时候,这些影子往往就叠在我眼前的东西上。在不经意的时候,我常把母亲的面影叠在茶杯上。把忘记在什么时候看到的一条长长的伸到水里去的小路叠在Hölderlin①的全集上,把一树灿烂的海棠花叠在盛着花的土盆上,把大明湖里的塔影叠在桌上铺着的晶莹的清玻璃上,把晚秋黄昏的一只暮鸦叠在墙角的蜘蛛网上,把夏天里烈日下的火红的花团叠在窗外草地上平铺着的白雪上……然而,只要一经意,这些影子立刻又水纹似的幻化开去。同了这茶杯的,这Hölderlin全集的,这土盆的,这清玻璃的,这蜘蛛网的,这白雪的,影子,跳入我们的回忆里,在将来的不知什么时候,又要叠在另一些放在我眼前的东西上了。

将来还没有来。而且也不好说。但是,我们眼前的路不正引向将来去吗?我看过了清浅的水在水仙花盆里反射的冷光,映在水里的石子的晕红和翠绿,残茶在软柔的灯光下照出的那几点金星。也看过了茶杯、Hölderlin全集、土盆、清玻璃、蜘蛛网、白雪,第二天

---

①Hölderlin:荷尔德林,德国诗人,古典浪漫派诗歌的先驱。

我自然看到另一些新的东西。第三天我自然看到另一些更新的东西。第四天，第五天……看到的东西多起来，这些东西都要倏地成轻烟，成细雾，成淡淡的影子，储在我的回忆里吧。这一团萦混的影子，也要更萦混了。等我不能再走，不能再看的时候，这一团也要随了我走应当走的最后的路。然而这时候，我却将一无所见，一无所忆。这一团影子幻失到什么地方去了呢？随了大明湖里的倒影飘散到茫迷里去了吗？随了远山的淡霭被吸入金色的黄昏里去了吗？说不清，而且也不必说。——反正我有过回忆了。我还希望什么呢？

芝兰之室

文学的 *fragrance* 味道

我喜欢绿色的东西，我觉得，绿色是生命的颜色，即使是在冬天，我在屋里总要摆上几盆花草，如君子兰之类。旧历元旦前后，我一定要设法弄到几盆水仙，眼睛里看到的是翠绿的叶子，鼻子里闯到的是氤氲的幽香，我顾而乐之，心旷神怡。

今年当然不会是例外。友人送给我几盆水仙，摆在窗台上。下面是一张极大的书桌，把我同窗台隔开。大概是由于距离远了一点，我只见绿叶，不闻花香，颇以为憾。

今天早晨，我一走进书房，蓦地一阵浓烈的香气直透鼻官。我愕然一愣，一刹那间，我意识到，这是从水仙花那里流过来的。我坐下，照例爬我的格子。我在潜意识里感到，既然刚才能闻到花香，这就证明，花香是客观存在着的，而且还不会是瞬间的而是长时间的存在。可是，事实上，在那愕然一愣之后，水仙花香神秘地消逝了，我鼻子再也闻不到什么了。

这是什么原因呢？

我又陷入了想入非非中。

中国古代《孔子家语》中就有几句话："与善人居，如入芝兰之室，久而不闻其香，即与之化矣。"我在这里关心的不是"化"与"不化"的问题，而是"久而不闻其香"。刚才水仙花给我的感受，就正是"久而不闻其香"。可见这样的感受，古人早已经有了。

我常幻想，造化小儿喜欢要点"小"——也许是"大"——聪明，给人们开点小玩笑。他(？它？她？)给你以本能，让你舌头知味，鼻子知香，但是，又不让你长久地享受，只给你一瞬间，然后复归于平淡，甚至消逝。比如那一位"老佛爷"慈禧，在宫中时，瞅见燕窝、鱼翅、猴头、熊掌，一定是大皱其眉头。然而，八国的"老外"来到北京，她仓皇西逃，路上吃到棒子面的窝头，味道简直赛过龙肝凤髓，认为是从未尝过的美味。她回到北京宫中以后，想再吃这样的窝头，可普天之下再也找不到了。

芝兰之室‖怀念母亲
Miss Mother

造化小儿就是使用这样的手法，来实施一种平衡的策略，使美味佳肴与粗茶淡饭，使帝后显宦与平头老百姓，等等，等等，都成为相对的东西，都受时间与地点的约束。否则，如果美味对一个人来说永远美，那么帝后显宦们的美食享受不是太长了吗？在芸芸众生中间不是太不平衡了吗？

对鼻官来说，水仙花还有芝兰的香气也只能作如是观，一瞬间，你获得了令人吃惊的美感享受。又一瞬间，香气虽然仍是客观存在，你的鼻子却再也闻不到了。

造化小儿玩的就是这一套把戏。

二月兰

二月兰 ‖ 怀念母亲
Miss Mother

转眼，不知怎样一来，整个燕园竟成了二月兰的天下。

二月兰是一种常见的野花。花朵不大，紫白相间。花形和颜色都没有什么特异之处。如果只有一两棵，在百花丛中，决不会引起任何人的注意。但是它却以多胜。每到春天，和风一吹拂，便绽开了小花；最初只有一朵，两朵，几朵，但是一转眼，在一夜间，就能变成百朵，千朵，万朵。大有凌驾百花之上的势头了。

我在燕园里已经住了四十多年。最初我并没有特别注意到这种小花。直到前年，也许正是二月兰开花的大年，我蓦地发现，从我住的楼旁小土山开始，走遍了全国，眼光所到之处，无不有二月兰在。宅旁，篱下，林中，山头，土坡，湖边，只要有空隙的地方，都是一团紫气，间以白雾，小花开得淋漓尽致，气势非凡，紫气直冲云霄，连宇宙都仿佛变成紫色的了。

我在迷离恍惚中，忽然发现二月兰爬上了树，有的已经爬上了树顶，有的正在努力攀登，连喘气的声音似乎都能听到。我这一惊可真不小：莫非二月兰真成了精了吗？再定睛一看，原来是二月兰丛中的一些藤萝，也正在开着花，花的颜色同二月兰一模一样，所差的就仅仅只缺少那一团白雾。我实在觉得我这个幻觉非常有趣。带着清醒的意识，我仔细观察起来：除了花形之外，颜色真是一般无二。反正我知道了这是两种植物，心里有了底，然而再一转眼，我仍然看到二月兰往枝头爬。这是真的呢？还是幻觉？一由它去吧。

自从意识到二月兰存在以后，一些同二月兰有联系的回忆立即涌上心头。原来很少想到的或根本没有想到的事情，现在想到了；原来认为十分平常的琐事，现在显得十分不平常了。我一下子清晰地意识到，原来这种十分平凡的野花竟在我的生命中占有这样重要的地位。我自己也有点吃惊了。

我回忆的丝缕是从楼旁的小土山开始的。这一座小土山，最初毫无惊人之处，只不过二三米高，上面长满了野草。当年歪风狂

吹时,每次"打扫卫生",全楼住的人都被召唤出来拔草,不是"绿化",而是"黄化"。我每次都在心中暗恨这小山野草之多。后来不知由于什么原因,把山堆高了一两米。这样一来,山就颇有一点山势了。东头的苍松,西头的翠柏,都仿佛恢复了青春,一年四季,郁郁葱葱,中间一棵榆树,从树龄来看,只能算是松柏的曾孙,然而也枝干繁茂,高枝直刺入蔚蓝的晴空。

我不记得从什么时候起我注意到小山上的二月兰。这种野花开花大概也有大年小年之别的。碰到小年,只在小山前后稀疏地开上那么几片。遇到大年,则山前山后开成大片,二月兰仿佛发了狂。我们常讲什么什么花"怒放",这个"怒"字用得真是无比地奇妙。二月兰一"怒",仿佛从土地深处吸来一股原始力量,一定要把花开遍大千世界,紫气直冲云霄,连宇宙都仿佛变成紫色的了。

东坡的词说:"月有阴晴圆缺,人有悲欢离合,此事古难全。"但是花们好像是没有什么悲欢离合。应该开时,它们就开;该消失时,它们就消失。它们是"纵浪大化中",一切顺其自然,自己无所谓什么悲与喜。我的二月兰就是这个样子。

然而,人这个万物之灵却偏偏有了感情,有了感情就有了悲欢。这真是多此一举,然而没有法子。人自己多情,又把情移到花,"泪眼问花花不语",花当然"不语"了。如果花真"语"起来,岂不吓坏了人!这些道理我十分明白。然而我仍然把自己的悲欢挂到了二月兰上。

当年老祖①还活着的时候,每到春天二月兰开花的时候,她往往拿一把小铲,带一个黑书包,到成片的二月兰旁青草丛里去搜挖荠菜。只要看到她的身影在二月兰的紫雾里晃动,我就知道在午餐或晚餐的餐桌上必然弥漫着荠菜馄饨的清香。当婉如还活着的时

---

①老祖:季羡林对自己婶母的称呼。

二月兰 ‖ 怀念母亲
Miss Mother

候,她每次回家,只要二月兰正在开花,她离开时,总穿过左手是二月兰的紫雾,右手是湖畔垂柳的绿烟,匆匆忙忙走去,把我的目光一直带到湖对岸的拐弯处。当小保姆杨莹还在我家时,她也同小山和二月兰结上了缘。我曾套宋词写过三句话:"午静携侣寻野菜,黄昏抱猫向夕阳,当时只道是寻常。"我的小猫虎子和咪咪还在世的时候,我也往往在二月兰丛里看到它们:一黑一白,在紫色中格外显眼。

文学的味道

　　所有这些琐事都是寻常到不能再寻常了。然而，曾几何时，到了今天，老祖和婉如已经永远永远地离开了我们，小莹也回了山东老家。至于虎子和咪咪也各自遵循猫的规律，不知钻到了燕园中哪一个幽暗的角落里，等待死亡的到来。老祖和婉如的走，把我的心都带走了。虎子和咪咪，我也忆念难忘。如今，天地虽宽，阳光虽照样普照，我却感到无边的寂寥与凄凉。回忆这些往事，如云如烟，原来是近在眼前，如今却如蓬莱灵山，可望而不可即了。

　　对于我这样的心情和我的一切遭遇，我的二月兰一点也无动于衷，照样自己开花。今年又是二月兰开花的大年。在校园里，眼光所到之处，无不有二月兰在。宅旁，篱下，林中，山头，土坡，湖边，只要有空隙的地方，都是一团紫气，间以白雾，小花开得淋漓尽致，气势非凡，紫气直冲霄汉，连宇宙都仿佛变成紫色的了。

　　这一切都告诉我，二月兰是不会变的，世事沧桑，于它如浮云。然而我却是在变的，月月变，年年变。我想以不变应万变，然而办不到。我想学习二月兰，然而办不到。不但如此，它还硬把我的记忆牵回到我一生最倒霉的时候。在"十年浩劫"中，我自己跳出来反对北大那一位"老佛爷"，被抄家，被打成了"反革命"。正是在二月兰开花的时候，我被管制劳动改造。有很长一段时间，我每天到一个地方去捡破砖碎瓦，还随时准备着被红卫兵押解到什么地方去批斗，坐喷气式，还要挨上一顿揍，打得鼻青脸肿。可是在砖瓦缝里二月兰依然开放，怡然自得，笑对春风，好像是在嘲笑我。

　　我当时日子实在非常难过。我知道正义是在自己手中，可是，是非颠倒，人妖难分，我呼天天不应，叫地地不答，一腔义愤，满腹委屈，毫无人生之趣。在很长一段时间内，我成了"不可接触者"，几年没接到过一封信，很少有人敢同我打个招呼。我虽处人世，实为异类。

二月兰 ‖ 怀念母亲
Miss Mother

然而我一回到家里,老祖、德华①她们,在每人每月只能得到"恩赐"十几元钱生活费的情况下,殚思竭虑,弄一点好吃的东西,希望能给我增加点营养;更重要的恐怕还是,希望能给我增添点生趣。婉如和延宗也尽可能地多回家来。我的小猫憨态可掬,偎依在我的身旁。她们不懂哲学,分不清两类不同性质的矛盾。人视我为异类,她们视我为好友,从来没有表态,要同我划清界限。所有这一些极其平常的琐事,都给我带来了无量的安慰。窗外尽管千里冰封,室内却是暖气融融。我觉得,在世态炎凉中,还有不炎凉者在。这一点暖气支撑着我,走过了人生最艰难的一段路,没有堕入深涧,一直到今天。

我感觉到悲,又感觉到欢。

到了今天,天运转动,否极泰来,不知怎么一来,我一下子成为"极可接触者",到处听到的是美好的言词,到处见到的是和悦的笑容。我从内心里感激我这些新老朋友,他们绝对是真诚的。他们鼓励了我,他们启发了我。然而,一回到家里,虽然德华还在,延宗还在,可我的老祖到哪里去了呢?我的婉如到哪里去了呢?还有我的虎子和咪咪到哪里去了呢?世界虽照样朗朗,阳光虽照样明媚,我却感觉异样的寂寞与凄凉。

我感觉到欢,又感觉到悲。

我年届耄耋,前面的路有限了。几年前,我写过一篇短文,叫《老猫》,意思很简明,我一生有个特点:不愿意麻烦人。了解我的人都承认的。难道到了人生最后一段路上我就要改变这个特点吗?不,不,不想改变。我真想学一学老猫,到了大限来临时,钻到一个幽暗的角落里,一个人悄悄地离开人世。

这话又扯远了。我并不认为眼前就有制定行动计划的必要。我

---

①德华:指季羡林的妻子彭德华。

还有很多事情要做,而且我的健康情况也允许我去做。有一位青年朋友说我忘记了自己的年龄。这话极有道理。可我并没有全忘。有一个问题我还想弄弄清楚哩。按说我早已到了"悲欢离合总无情"的年龄,应该超脱一点了。然而在离开这个世界以前,我还有一件心事:我想弄清楚,什么叫"悲"?什么又叫"欢"?是我成为"不可接触者"时悲呢?还是成为"极可接触者"时欢?如果没有老祖和婉如的逝世,这问题本来是一清二白的,现在却是悲欢难以分辨了。我想得到答复。我走上了每天必登临几次的小山,我问苍松,苍松不语;我问翠柏,翠柏不答。我问三十多年来亲眼目睹我这些悲欢离合的二月兰,她也沉默不语,兀自万朵怒放,笑对春风,紫气直冲霄汉。

1993年6月11日

听
雨

文学的 fragrance 味道

　　从一大早就下起雨来。下雨，本来不是什么稀罕事儿，但这是春雨，俗话说："春雨贵似油。"而且又在罕见的大旱之中，其珍贵就可想而知了。

　　"润物细无声"，春雨本来是声音极小极小的，小到了"无"的程度。但是，我现在坐在隔成了一间小房子的阳台上，顶上有块大铁皮。楼上滴下来的檐溜就打在这铁皮上，打出声音来，于是就不"细无声"了。按常理说，我坐在那里，同一种死文字拼命，本来应该需要极静极静的环境，极静极静的心情，才能安下心来，进入角色，来解读这天书般的玩意儿。这种雨敲铁皮的声音应该是极为讨厌的，是必欲去之而后快的。

　　然而，事实却正相反。我静静地坐在那里，听到头顶上的雨滴声，此时有声胜无声，我心里感到无量的喜悦，仿佛饮了仙露，吸了醍醐，大有飘飘欲仙之慨了。这声音时慢时急，时高时低，时响时沉，时断时续，有时如金声玉振，有时如黄钟大吕，有时如大珠小珠落玉盘，有时如红珊白瑚沉海里，有时如弹竖琴，有时如舞霹雳，有时如百鸟争鸣，有时如兔落鹘起，我浮想联翩，不能自已，心花怒放，风生笔底。死文字仿佛活了起来，我也仿佛又溢满了青春活力。我平生很少有这样的精神境界，更难为外人道也。

　　在中国，听雨本来是雅人的事。我虽然自认还不是完全的俗人，但能否就算是雅人，却还很难说。我大概是介乎雅俗之间的一种动物吧。中国古代诗词中，关于听雨的作品是颇有一些的。顺便说上一句：外国诗词中似乎少见。我的朋友章用回忆表弟的诗中有："频梦春池添秀句，每闻夜雨忆联床。"是颇有一点诗意的。连《红楼梦》中的林妹妹都喜欢李义山的"留得残荷听雨声"之句。最有名的一首听雨的词当然是宋代蒋捷的"虞美人"，词不长，我索性抄它一下：

　　　　少年听雨歌楼上，

听雨 ‖ 怀念母亲
Miss Mother

红烛昏罗帐。
壮年听雨客舟中,
江阔云低,
断雁叫西风。
而今听雨僧庐下,
鬓已星星也。
悲欢离合总无情,
一任阶前点滴到天明。

蒋捷听雨时的心情,是颇为复杂的。他是用听雨这一件事来概括自己的一生的,从少年、壮年一直到老年,达到了"悲欢离合

总无情"的境界。但是，古今对老的概念，有相当大的悬殊。他是"鬓已星星也"，有一些白发，看来最老也不过五十岁左右。用今天的眼光看，他不过是介乎中老之间，同我自己比起来，我已经到了望九之年，鬓边早已不是"星星也"，顶上已是"童山濯濯"了。要讲达到"悲欢离合总无情"的境界，我比他有资格。我已经能够"纵浪大化中，不喜亦不惧"了。

可我为什么今天听雨竟也兴高采烈呢？这里面并没有多少雅味，我在这里完全是一个"俗人"。我想到的主要是麦子，是那辽阔原野上的青春的麦苗。我生在乡下，虽然六岁就离开，谈不上干什么农活，但是我拾过麦子，捡过豆子，割过青草，劈过高粱叶。我血管里流的是农民的血，一直到今天垂暮之年，毕生对农民和农村怀着深厚的感情。农民最高的希望是多打粮食。天一旱，就威胁着庄稼的成长。即使我长期住在城里，下雨一少，我就望云霓，自谓焦急之情，决不下于农民。北方春天，十年九旱。今年似乎又旱得邪行。我天天听天气预报，时时观察天上的云气。忧心如焚，徒唤奈何。在梦中也看到的是细雨濛濛。

今天早晨，我的梦竟实现了。我坐在这长宽不过几尺的阳台上，听到头顶上的雨声，不禁神驰千里，心旷神怡。在大大小小高高低低，有的方正有的歪斜的麦田里，每一个叶片都仿佛张开了小嘴，尽情地吮吸着甜甜的雨滴，有如天降甘露，本来有点黄萎的，现在变青了。本来是青的，现在更青了。宇宙间凭空添了一片温馨，一片祥和。

我的心又收了回来，收回到了燕园，收回到了我楼旁的小山上，收回到了门前的荷塘内。我最爱的二月兰正在开着花。它们拼命从泥土中挣扎出来，顶住了干旱，无可奈何地开出了红色的白色的小花，颜色如故，而鲜亮无踪，看了给人以孤苦伶仃的感觉。在荷塘中，冬眠刚醒的荷花，正准备力量向水面冲击。水当然是不缺的。

听雨 ‖ 怀念母亲
Miss Mother

但是，细雨滴在水面上，画成了一个个的小圆圈，方逝方生，方生方逝。这本来是人类中的诗人所欣赏的东西，小荷花看了也高兴起来，劲头更大了，肯定会很快地钻出水面。

我的心又收近了一层，收到了这个阳台上，收到了自己的腔子里，头顶上叮当如故，我的心情怡悦有加。但我时时担心，它会突然停下来。我潜心默祷，祝愿雨声长久响下去，响下去，永远也不停。

国学漫谈

李羡林

国学漫谈 ‖ 怀念母亲
Miss Mother

那是一个阴雨连绵的晚间,天气已颇有寒意。报告定在晚上七时。我毫无自信,事先劝同学们找一个不太大的教室,能容下一百人就行了。我是有私心的,害怕人少,讲者孑然坐在讲台上,面子不好看。然而他们坚持找电教大楼的报告大厅,能容下四百人。完全出我意料,不但座无虚席,而且还有不少人站在那里,或坐在台阶上,都在静静地谛听,整个大厅里鸦雀无声。我这个年届耄耋的世故老人,内心里十分激动,眼泪在眼睛里打转。据说,有人五点半就去占了座位。面对这样一群英姿勃发的青年,我心里一阵阵热浪翻滚,

文学的 fragrance 味道

笔墨语言都是形容不出来的。

海外不是有一些人纷纷扬扬,说北大学生不念书,很难对付吗?上面这现象又怎样解释呢?

人世间有果必有因,上面说的这种情况也必有其原因。我经过思考,想用两句话来回答:顺乎人心,应乎潮流。

我们中华民族拥有五千年的光辉灿烂的文化,对人类做出了卓越的贡献。很难想象,世界上如果缺少了中华文化会是一个什么样子。前几年,弘扬中华优秀文化的号召一经提出,立即受到了国内外炎黄子孙的热烈拥护。原因何在呢?这个号召说到了人们的心坎上:弘扬什么呢?怎样来弘扬呢?这就需要认真地研究。我们的文化五色杂陈,头绪万端。我们要像韩愈说的那样:"沉浸浓郁,含英咀华",经过这样细细品味、认真分析的工作,把其中的精华寻找出来,然后结合具体情况,从而发扬光大之,期有利于中国人民和世界人民的前进与发展。"国学"就是专门做这件工作的一门学问。旧版《辞源》上说:国学,一国所固有之学术也。话虽简短朴实,然而却说到了点子上。七八十年以来,这个名词已为大家所接受。除了"脑袋里有一只鸟"的人(借用德国现成的话),大概不会再就这个名词吹毛求疵。如果有人有兴趣有工夫去探讨这个词儿的来源,那是他自己的事,我无权反对。

国学绝不是"发思古之幽情"。表面上它是研究过去的文化的,因此过去有一些学者使用"国故"这样一个词儿。但是,实际上,它既与过去有密切联系,又与现在甚至将来有密切联系。现在我们不是都谈建设有中国特色的社会主义吗?什么叫"特色"?特色表现在什么地方?我曾反复思考过这个问题。我觉得,科技对我们国家建设来说,对发展生产力来说,是非常重要的,万万不能缺少的。但是,科技却很难表现出什么特色。你就是在原子能、电脑、宇宙飞船等等尖端科技方面,有突出的成就,超过了世界先进国家,同其他

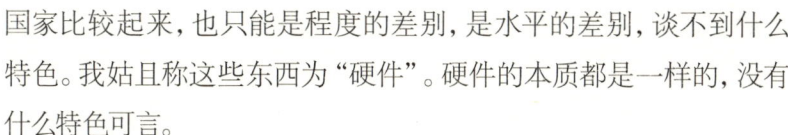
国学漫谈 ‖ 怀念母亲
Miss Mother

国家比较起来,也只能是程度的差别,是水平的差别,谈不到什么特色。我姑且称这些东西为"硬件"。硬件的本质都是一样的,没有什么特色可言。

特色最容易表现在精神文化方面,我姑且称之为"软件",哲学、宗教、文学、艺术、伦理、道德、经营、管理等等都属于这个范畴。这些东西也是能够交流的,所谓"固有"并不排除交流,这个道理属于常识范围。以上这些学问基本上都保留在我们所说的"国学"中。其中有不少的东西可以说是中华文化、中华智慧的结晶,直至今日,不但对中国人发挥影响,它的光辉也照到了国外去。最近听一位国家教委的领导说,他在新德里时亲耳听到印度总统引用中国《管子》关于"十年树木,百年树人"的话。在巴基斯坦他也听到巴基斯坦总理引用中国古书中的话,足证中华智慧已深入世界人民之心。这是我们中国人应该感到骄傲的。所有这一些中国智慧都明白无误地表露了中国的特色。它产生于中国的过去,却影响了中国和世界的今天,连将来也会受到影响。事实已经证明,连外国人都会承认这一点的。

二

国学的作用还不就到此为止,它还能激发我们整个中华民族的爱国热情。"爱国主义"是一个好词儿,没有听到有人反对过。但是,我总觉得,爱国主义有真伪之分。在历史上,被压迫被侵略的民族,为了自己的生存与尊严,不惜洒热血、抛头颅,奋抗顽敌,伸张正义。这是真爱国主义。反之,压迫别人,侵略别人的民族,有时候也高呼爱国主义,然而却不惜灭绝别的民族;这样的"爱国主义"是欺骗自己人民的口号,是蒙蔽别国人民的幌子,它实际上是极端民族沙文主义的遮羞布。例子不用举太

远的,近代的德、意、日法西斯主义就是这一类货色,这是伪爱国主义。

中国的爱国主义怎样呢?它在主体上是属于真爱国主义范畴的。有历史为证。不管我们在漫长的封建时期内,"天朝大国"的口号喊得多么响,事实上我国始终有外来的侵略者,主要来自北方,先后有匈奴、突厥、辽、金、蒙、满等等。今天,这些民族基本上都成了中华民族的组成部分;但在当时只能说是敌对者,我们不能否定历史的本来面目。在历史上,连一些雄才大略的开国君主也难以逃避耻辱。刘邦曾被困于平城,李渊曾称臣于突厥,这是最明显的例子。我们也不能说,中国过去没有主动地侵略过别人,这情况也是有过的,但不是主流,主流是中国始终受到外来的威胁。正是由于这个原因,我们中国人民敬仰、歌颂许多爱国者,岳飞、文天祥、史可法等等都是。一直到今天,爱国主义,真正的爱国主义,始终左右我们民族的心灵。我常说,北京大学的优良传统之一,就是爱国主义,我这说法得到了许多人的赞同。探讨和分析中国爱国主义的来龙去脉,弘扬爱国主义思想,激发爱国主义热情,是我们今天"国学"的重要任务。国学的任务可能还可以举出一些来,以上三大项,我认为,已充分说明其重要性了。我上面说到"顺乎人心,应乎潮流"。我现在所谈的就是"人心",就是"潮流"。我没有可能对所有的人都调查一番。我所说的"人心",可能有点局限。但是,一滴水中可以见宇宙,从燕园来推测全国,不见得没有基础。我最近颇接触了一些青年学生。我发现,他们是很肯动脑筋的一代新人。有几个人告诉我,他们感到迷惘。这并不是坏事,这说明他们正在那里寻觅祛除迷惘的东西,正在那里动脑筋。他们成立了许多社团,有的名称极怪,什么"吠陀",什么"禅学",这一类名词都用上了。也许正在燕园悄然兴起的"国学",正投了他们之所好,顺了他们的心。否则怎样来解释我在本文开头时说的那种情况呢?中国古话说:"得道多助，失道寡助"，顺应人心和潮流的就是"道"。

  但是，正如对人世间的万事万物一样，对国学也有不同的看法。提倡国学要有点勇气，这话是我说出来的。在我心中主要指的是以"十年浩劫"为代表的那一股极"左"思潮。我可万万没有想到，今天半路上竟杀出来一个程咬金，在小报上写文章嘲讽国学研究，大扣帽子。不知国学究竟于他何害，我百思不得其解。无独有偶，北师大古籍研究所编纂《全元文》，按说这工作有百利而无一弊，然而竟也有人想全面否定。我觉得，有这些不同意见也无妨。国学，弘扬中华优秀文化，既然是顺乎人心、应乎潮流的事业，必然会发展下去的。

1993年12月24日

两个小孩子

两个小孩子‖怀念母亲
Miss Mother

我喜欢小孩;但我不说那一句美丽到俗不可耐程度的话:小孩子是祖国的花朵。我喜欢就是喜欢,我曾写过《三个小女孩》,现在又写《两个小孩子》。

两个小孩子都姓杨,是叔伯姐弟。姐姐叫秋菊,六岁;弟弟叫秋红,两岁。他们的祖母带着秋菊的父母,从河北某县的一个农村里,到北大打工,当家庭助理,扫马路,清除垃圾。垃圾和马路清除得一干二净,受到这一带居民的赞扬。

去年秋天的一天,我同我们的保姆小张出门散步,门口停着一辆清扫垃圾的车,一个小女孩在车架和车把上盘旋攀登,片刻不停。她那一双黑亮的吊角眼,透露着动人的灵气。我们都觉得这小孩异常可爱,便搭讪着同她说话。她毫不腼腆,边攀登,边同我们说话,有问必答。我们回家拿月饼给她吃,她的手接了过去,咬了一口,便不再吃,似乎不太合口味。旁边一个青年男子,用簸箕把树叶和垃圾装入拖车的木箱里,看样子就是小女孩的父亲了。

从此我们似乎就成了朋友。

我们天出去散步,十有八次碰上这个小女孩,我们问她叫什么名,她说"叫秋菊"。有时候秋菊见我们走来,从老远处就飞跑过来,欢迎我们。她总爱围着小张绕圈子转,我们问她为什么,她只嘿嘿地笑,什么话也不说,仍然围着小张绕圈子不停,两只吊角眼明亮闪光,满脸顽皮的神气。

秋菊对她家里人的工作情况和所得的工资了若指掌。她说,爸爸在勺园值夜班,冬天烧锅炉,白天到朗润园来清掏垃圾,用板车运送,倒入垃圾桶中。奶奶服侍一个退休教师,做饭,洗衣服,打扫卫生。妈妈在一家当保姆,顺便扫扫马路。这些事大概都是大人闲聊时说出来的,她从旁边听到,记在心中。她同奶奶住在一间屋里,早餐吃方便面,还有包子什么的。奶奶照顾她显然很好,她那红润丰满的双颊就足以证明。秋菊是一个幸福的孩子。

　　我们出来散步,也有偶尔碰不到秋菊的时候,此时我们真有点惘然若有所失。有时候,我们走到她奶奶住房的窗外,喊着秋菊的名字。在我们不注意间,她像一只小鹿连蹦带跳地从屋里跑了出来,又围着小张绕开了圈子,两只吊角眼明亮闪光,满脸顽皮的神气。

　　有一天,我们问秋菊愿意吃什么东西。她说,她最喜欢吃带木棍的糖球。我们问:

　　"把你卖了行不行?"

　　"行!卖了我吃糖球。"

　　"把你爸爸卖了行不行?"

　　"行!卖了爸爸吃饼干。"

　　"把你妈卖了行不行?"

　　"行!卖了俺妈吃香蕉。"

两个小孩子 ‖ 怀念母亲
Miss Mother

"把你奶奶卖了行不行?"

我们正恭候她说卖了奶奶吃什么哩,她却说:

"奶奶没有人要!"

我们先是一惊,后来便放声大笑。秋菊也嘿嘿地笑个不停。她显然是了解这一句话的含义的。两只吊角大眼更明亮闪光,满脸顽皮的神气。

今年春天,一连几天没有能碰到秋菊。我感到事情有点蹊跷。问她奶奶,才知道,秋菊已经被送回原籍去上小学了。我同小张有什么办法呢?我们都颇有点黯然神伤的滋味。从今以后,再不会有一个活蹦乱跳的小女孩绕着小张转圈了。

过了不久,我同小张又在秋菊奶奶主人的门前碰到这一位老妇人。她主人的轮椅的轱辘撒了气,我们帮她把气儿打上。旁边站着一个极小的男孩,一问才知道他叫秋红,两岁半,是秋菊的堂弟。小孩长的不是吊角眼,而是平平常常的眼睛,可也是灵动明亮,黑眼球仿佛特别大而黑,全身透着一股灵气。小孩也一点不腼腆,我们同他说话,他高声说:

"爷爷好!阿姨好!"原来是秋菊走了以后,奶奶把他接来做伴的。

从此我们又有了一个小伙伴。

但是,秋红毕竟太小了,不能像秋菊那样走很远的路。可是,不管他同什么小孩玩,一见到我们,从老远就高呼:

"爷爷好!阿姨好!"铜铃般的童声带给我们极大的愉快。

有一天,我同小张散步倦了,坐在秋红奶奶屋旁的长椅子上休息。此时水波不兴,湖光潋滟,杨柳垂丝,绿荷滴翠,我们顾而乐之,仿佛羽化登仙,遗世独立了。冷不防,小秋红从后面跑了过来,想跟我们玩。我们逗他跳舞,他真的把小腿一蹬,小胳膊一举,蹦跳起来。在舞蹈家眼中,这可能是非常幼稚可笑的,可是那一种天真无邪的模样,世界上哪一个舞蹈家能够有呢?我们又逗他唱歌。他毫不推辞,张开小嘴,边舞蹈,边哼唧起来。最初我们听不清他唱的是什么,经过几次重复,我才听出来,他唱的竟是李白的"床前明月光,疑是地上霜。举头望明月,低头思故乡"。我不禁大为惊叹,一个仅仅两岁半的乡村儿童竟能歌唱唐代大诗人李白的名篇,这情况谁能想象得到呢?

又有一天,我同小张出去散步.坐在平常坐的椅子上,小秋红又找了我们来。我们又让他唱歌跳舞。他恭恭敬敬地站在我们面前,先鞠了一大躬,然后又唱又舞,有时候竟用脚尖着地,作芭蕾舞状。舞蹈完毕,高声说:"大家好!"仪式完毕。这一套仪式,我猜想,是他在家乡看歌舞演出时观察到的,那时他恐怕还不到两岁,至多两岁出头。又有一次,我们坐在椅子上,小秋红又跑过来了,嘴里喊着:"爷爷好!阿姨好!"小张教他背诵:

> 锄禾日当午,
>
> 汗滴禾下土。
>
> 谁知盘中餐,
>
> 粒粒皆辛苦。

小张只念了一遍,秋红就能够背诵出来。这真让我大大地吃了一惊。古人说"过目成诵",眼前这个两岁半的孩子是."过耳成诵"。一个仅仅两岁半的乡村儿童能达到这个水平,谁能不吃惊呢?相传唐代大诗人白居易三岁识"之"、"无",千古传为美谈。如今这个仅仅两岁半的孩子在哪一方面比白居易逊色呢?[①]

中国是世界上的诗词大国,篇章之多,质量之高,字内实罕有其俦。我国一向有利用诗词陶冶性灵,提高人品的传统,用今天的话来说就是提高人文素质。然而,由于种种原因,近半个世纪以来,

---

[①]《两个小孩子》发表后,读者张竺夫表示质疑,提出白居易的《与元九书》说自己在出生后六七个月就识"之""无"两字,并非三岁。季羡林知错即改,撰写了《关于<两个小孩子>的一点纠正》一文,对这一错误予以公开且正式地更正。

两个小孩子 ‖ 怀念母亲
Miss Mother

此道不畅久矣。最近国家领导人以及有识之士,大力提倡背诵诗词以提高审美能力,加强人文素质,达到让青年和国民能够完美全面地发展的目的,这会大大有利于祖国的建设事业。我原以为这是一件比较困难、需要长期努力的工作,我哪里会想到于无意间竟在一个才两岁半的农村小孩子身上看到了曙光,看到了光辉灿烂的未来,我不禁狂喜,真要手之舞之足之蹈之了。

秋红到了21世纪不过才到三岁,21世纪是他们的世纪。如果全国农村和城市的小孩子都能像秋红这样从小就享有提高人文素质教育的机会,我们祖国的前途真可以预卜了。我希望新闻界的朋友们能闻风而动,到秋红的农村里去采访一次。我相信,他们绝不会空手而归的。

现在,不像秋菊那样杳如黄鹤,秋红还在我的眼前。我每天半小时的散步就成了一天最幸福的时刻,特别是在碰到秋红的时候。

文化漫谈

文化漫谈 ‖ 怀念母亲
Miss Mother

人类已经进入了一个新世纪,21世纪,一个新千年,第三个千年。这真可以说是一个非常关键的时刻。全世界有识之士都在关心人类文化将何去何从;中国人士,还有某一些外国的目光远大的人士,还在关心以中国文化为中心的东方文化将何去何从。这一切都是正常的,没有什么独特之处。

谈到文化,我一向主张文化产生多元论,换句话说,就是,世界上每一个民族,不论大小,不论历史久暂,几乎都对人类共有的文化宝库做出了或大或小的贡献。那种只有一个民族能创造文化的论调,是法西斯的主张。

文化这东西有一个非常突出的特点,那就是,它一旦在世界上某一个地方,一个部族中,一个国家中被创造出来,被发明,被发现,它就必然会向外扩散,什么力量也阻挡不住的。我常说,文化交流是促进人类社会前进的主要动力之一,如果没有文化交流,各个部族,各个国家所创造出来的文化都禁锢起来,秘而不宣,我们今天世界上的文化,我们的精神生活和物质生活将会是一个什么样子,你能想象吗?

而且文化交流的速度还会随着人类社会的前进加速。我们可以说,文化交流的速度与社会前进的速度成正比。到了今天,社会发展已经到了很高的水平,信息爆炸,空间上相距千坐万里,而鸡犬之声可以想闻。一个新的发明创造——这些都属于文化范畴——一出现,立刻就能传遍世界。什么知名产权,什么保密、绝密,都无济于事。原子能,特别是原子弹就是一个好例子。哪一个自命"天之骄子"的想独霸世界的骄纵恣睢的大国能够阻碍别的国家制造原子弹呢?

在这样的情况下,任何国家都必须关心文化交流的问题,关心世界文化的走向,关心本国文化的发展与走向。在经济建设的同时,努力进行文化建设,而二者是密切相关的。进行文化建设,无非

文学的 fragrance 味道

是做两个方面的工作：一个是弘扬本国本民族文化的优良部分，一个是"拿来"外国文化中的优良的东西。不要认为，一提到文化，里面都是好东西。对外来的文化要批判吸收，对本国文化也要批判继承，也就是要去粗取精，去伪存真。这是十分必要的，千万不能等闲视之，胡子眉毛一把抓，对文化发展是不利的。

在这里，我必须对精华和糟粕谈一点看法。我在最近几年来逐渐发现，一般人认为精华与糟粕是固定了的，精华永远是精华，糟粕永远是糟粕。实际情况并不是这样。这二者的标准并不固定，有时候甚至互相转换。这完全取决于时代的需要。需要就是精华，不需要就是糟粕。时代不停地变化，标准也不能一成不变。

在这里，我还必须补充一点自己的看法。在过去几千年中，人类尽管创造出来了很多不同的文化，但是，归纳起来，可以分为两大体系：东方文化和西方文化。二者尽管有很多相同和相似之处，同为文化，这是不可避免的；但是，从根本的思维模式和社会实践来看，却是有极大的差别的。关于这一个问题，我曾在很多文章中阐发过，这里不再重复。

我一向主张，人生必须解决三大问题：一是人与大自然的关系，也就是天人关系；二是人与人的关系，也就是人际关系、社会关系，国与国之间的关系也属于这个范畴；三是个人心中思想与感情的问题。东西文化的差异充分表现在解决这三大问题的思路和方法上。我现在只想就第一个问题谈一点个人的看法。解决天人问题，东西方法迥乎不同。要想说明白这个问题，需要千言万语。简短截说，西方主"征服自然"。而东方主"天人合一"。"天人合一"这个词儿在哲学上有成百上千的说法，我的"新解"就是：人类与大自然要和睦相处，和谐相处，不能视自然为敌人而欲"征服"之。坦白地说，我们中国也没有能完全做到，可是至少我们先人有这样一个学说，这也可以聊以自慰了。东西这两种态度产生了什么后果呢？恩

文化漫谈 ‖ 怀念母亲
Miss Mother

格斯明明白白地说:"我们不能过分陶醉于我们对自然界的胜利,对于每一次这样的胜利,自然界都报复了我们。"这几句话是一百多年以前说的。当时,大自然对人类征服的报复还不太明显,可恩格斯就以他那天才的预见性见到了这一点,真不愧是马克思主义奠基人之一。到了现在,事实已经充分证明了恩格斯的预见。例子是不胜枚举的。仅举其荦荦大者就有不少,比如,生态平衡,物种灭绝,温室效应,全球变暖,二氧化碳增加,臭氧出洞,淡水匮乏,洪水泛滥,人口爆炸,新疾病产生,如此等等,不一而足。连近来令人谈牛色变的疯牛病,据说也与此有关。

中国怎样呢?中国古代也有过制天而胜之的哲学家,在十年浩劫评法批儒的运动中被尊为"法家",是唯物主义者。在这之前,在50年代末,浮夸风达到疯狂的时候,有人说:"与天斗,其乐无穷;与地斗,其乐无穷;与人斗,其乐无穷。"这只能说是我们中华民族发高烧时的呓语。跟着来的就是三年自然灾害,这是不折不扣的大自然对人类进行的报复。可惜至今还没有看到作如是解者。我认为,中国的主导思想是"天人合一",儒、道、汉化了的佛,都有这种思想。宋代大儒张载说:"民吾同胞,物吾与也。""与"字是"伙伴"的意思。这两句话一般缩为"民胞物与"四个字。无论从哪方面来看,这都是中华文化的精华。

中华文化,博大精深,条理万端,"天人合一"的思想,就算是精华吧,也只是其中的一小部分。我们对自己的文化自我感觉良好,这是人之常情,未可厚非。但是,一个人,一个民族,最忌自满;一旦自满的苗头出现,就表示了停滞不前的倾向。古人说:"他山之石,可以攻玉。"对一个国家来说,"他山"就是外国。苏东坡诗:"不识庐山真面目,只缘身在此山中。"一个人,一个民族了解自己,并不容易。必须跳出此山。而外国人的意见尚矣。对外国广大的芸芸众生,我们不能要求他们都了解中国。作家,当然还有思想家、哲学家、科

文学的 fragrance 味道

学家、艺术家等等,是他们中的精英。这些人想了解中国文化,能够了解而且评价中国文化,是意料中的事。我们要寄希望于他们。他们对中国文化的赞扬,对我们很有用。他们对中国文化的否定,也同样对我们很有用。我们倘想发展、弘扬我们的固有文化,眼前必须有一面镜子,这镜子绝不能是哈哈镜,而只能是一面正常的镜子,从中可以照见我们的是与非,美与丑,这对我们客观评估自己的文化,会有很大的好处。

我自己并不是研究外国文学的专家,学过一点,但所知不多。我知道,外国作家对中国文化的看法是形形色色的,五花八门的,有的扬,有的抑;有的有真知灼见,有的也胡说八道。但是,不管怎样,他们总是一面明亮的镜子,照一照会对自己有利。有时候,他们

文化漫谈 ‖ 怀念母亲
Miss Mother

也真能搔到痒处,比如德国的歌德在他的《谈话录》中,在1827年1月31日,他就对艾克曼①说了中国人能同大自然和谐共处的话,用哲学的话来说,就是"天人合一"。我们不能不佩服歌德观察与思考之细致深刻。

在本文一开头我就提出了在新世纪中世界文化的走向问题,中国文化的发展问题。在行文过程中,我已经回答了一部分。在新世纪中,文化交流必须继续,文化交流必然导致文化融合,这些都是不可避免的。但是,融合怎样进行呢?是不是简单的1+1=1呢?我希望不是,其中必须有个重点,说白了,就是必须以东方文化济西方文化之穷,必须以"天人合一"思想改变粗暴的"征服自然"的思想。这样,人类才有可能避免走向穷途末路。

然而实际怎样呢?环保之声虽然洋洋乎盈耳,可真正采取措施者并不多。发达国家以其科技骄人,然而污染环境破坏天人和谐者正是这一帮人。大自然有点怪脾气,你对它征服的越卖劲,它对人类报复的越冷酷。人类昏昏,而自然却是昭昭。我们现在只有希望,世界各国中,特别是发达国中的精华,作家能够以他们的远见卓识和博大的胸怀,看出全人类所面临的危险,大声疾呼,催人猛醒,在文化交流中,认识到中国传统的"天人合一"的意思之英明,慎思之,明辨之,笃行之,扭转当前全世界浑浑噩噩的状态,为人类立一大功,立一新功,跂予望之矣。

---

①艾克曼:《歌德谈话录》的作者。

红

红 ‖ 怀念母亲
Miss Mother

在我刚从故乡里走出来以后的几年里,我曾有过一段甜蜜的期间,是长长的一段。现在回忆起来,虽然每一件事情都仿佛有一层灰蒙蒙的氛围萦绕着,但仔细看起来,却正如读希腊的神话,眼前闪着一片淡黄的金光。倘若用了象征派诗人的话,这也算是粉红色的一段了。

当时似乎还没有多少雄心壮志,但眼前也不缺少时时浮起来的幻想。从一个字不认识,进而认得了许多字,因而知道了许多事情;换了话说,就是从莫名其妙的童年里渐渐看到了人生,正如从黑暗里乍走到光明里去,看一切东西都是新鲜的。我看一切东西都发亮,都能使我的幻想飞出去,小小的心也便日夜充塞了欢欣与惊异。

我就带了一颗充塞了欢欣与惊异的心,每天从家里到一个靠近了墟墙有着一个不小的有点乡村味的校园的小学校里去上学。沙着声念古文或者讲数学的年老而又装着威严的老师,自然引不起我的兴趣,在班上也不过用小刀在桌子上刻花,在书本上画小人头。一下班随了几个小同伴飞跑到小池子边上去捉蝴蝶,或者去拣小石头子;整个的心灵也便倾注在蝴蝶的彩色翅膀上的小石头子的螺旋似的花纹里。

从家里到学校是一段颇长的路。路既曲折狭隘,也偏僻。顶早的早晨,当我走向学校去的时候,是非常寂静,没有什么人走路的。然而,在我开始上学以后不久,我却遇到一个挑着担子卖绿豆小米的。以后,接连着几个早晨都遇到他。有一天的早晨,他竟向我微笑了。他是一个近于老境的中年人,有一张纯朴的脸。无论在衣服上在外貌上都证明他是一个老实的北方农民。然而他的微笑却使我有点窘,害臊。这微笑在早晨的柔静的空气里回荡,我赶紧避开了他。整整的一天,他的微笑在我眼前晃动着。

第二天早晨，当我刚走出了大门，要到学校去的时候，我又遇到了他。他把担子放在我们门口，正同王妈争论米豆的价钱。一看到我，脸上立刻又浮起了微笑；嘴动了动，看样子是要对我讲话了。这微笑使我更有点窘，也更害怕，我又赶紧避开了他，匆匆地走向学校去。——那时大概正是春天。在未出大门之先，我走过了一段两边排列着正在开着的花的甬道。我也看到春天的太阳在这中年人的脸上跳跃。

在学校里仍然不外是捉蝴蝶，找石子。当我走回家坐在一间阴暗的屋里一张书桌旁边的时候，我又时时冲动似的想到这老实纯朴的中年人。他为什么向我笑呢？当时童稚的心似乎无论怎样也不能了解。小屋里在白天也是黑黝黝的，有的一个窗户给纸糊满了。窗外有一棵山丁香，正在开着花。窗户像个闸，把到处都充满了花香鸟语的春光闸在外面。当暮色从四面高高的屋顶上溜进小院来的时候，我不再想到这中年人，我的心被星星的光吸引住，给蝙蝠的翅膀拖着到苍茫的太空里去了。

接连着几天的早晨，我仍然遇到这中年人。每天放学回来就喝着买他的绿豆和小米做成的稀饭。因为见面熟了，我不再避开他。我知道他想同我讲话也不过是喜欢小孩的一种善意的表示。我们开始谈起话来。他所说的似乎都是些离奇怪诞的话。他告诉我：他见到过比象大的老鼠。这却不足使我震惊，因为当时我还没能看到过象。我觉得顶有趣的是他说到一个馒头皮竟有四里地厚，一个人啃了几个月才啃到馅；怎样一个鸡下了个比西瓜还大的卵；怎样一个穷小子娶了个仙女。当他看到我瞪大了错愕的眼睛看着他的时候，这老实的中年人孩子似的笑起来了。

经过了明媚的春天，接着是长长的暑假。暑假过了，是瑟冷的秋天：看落叶在西风里颤抖。跟着来了冬天：看白雪装点了枯树。雪

红 ‖ 怀念母亲
Miss Mother

的早晨,我们堆雪人。晚上,我们在小院里捉迷藏。每天上学的时候,仍然碰到这中年人。回到家里来的时候,就又坐在那阴暗的屋里一张小桌旁看书什么的。窗户仍然是个闸,把夏的蓝得有点儿古怪的天、秋的长天、冬的灰暗的天都闸在外面。只有从纸缝里看到星星的光、月的光、听秋蝉的嘶声从黄了顶的树上飘下来,听大雪天寒鸦冷峭的鸣声。仿佛隔了一层世界。——就这样生活竟意外地平静,自己也就平静地活下去。

当第二年的清朗的春天看着要化入夏天的炎辉里去的时候,自己在心情上微微起了点变化,也许因为过去的生活太单调,心里总仿佛在渴望着什么似的,感到轻微的不满足。在学校里班上对刻字画人头也感到烦腻;沙着声念古文的老教员更使我讨厌得不可言状。这位老实的中年人的荒唐话再也不能引起我的兴趣。以前寄托在蝴蝶的彩色翅膀上、小石子的花纹里的空灵的天堂幻灭了。我渴望着抓到一个新的天堂,但新的却究竟在什么地方呢?

就在这时候,因了一个机缘的凑巧,我看到了《彭公案》之类的武侠小说。这里面给了我另外一个新奇的天堂——一个人凭空会上屋,会在树顶上飞。更荒唐的,一个怪人例如和尚道士之流的,一张嘴就会吐出一道白光,对方的头就在这白光里落下了来。对我,这是一个天大的奇迹。这奇迹是在蝴蝶翅膀上、小石子的花纹里绝对找不到的。我失掉的天堂终于又在这里找到了。

最初读的时候,自然有许多不识的字。但也能勉强看下去,而明了书里的含意。只要一看书的插图,就使我够满意的了:一个个有着同普通人不一样的眼、眉、胡子,手里都拿着刀枪什么的。这些图上的小人占据了我整个的心。我常常整整地一个过午逃了学,找一个僻静的地方去读小说。黄昏的时候,走回家去,红着脸对付家里大人们的询问。脑子里仍然满装着剑仙剑侠之流的飞腾的影子。晚

上。夜深人静的时候，一觉醒转来，看看窗纸上微微有点白光在晃动；我知道，这是妈妈起来纺麻线了。我于是也悄悄地起来，拿一本小说，就着纺线的灯光瞅着一行行蚂蚁般大的小字，一直读到小字像蚂蚁般地活动起来。一闭眼，眼前浮动着一丛丛灿烂的花朵。这时候才嗅到夜来香的幽香一阵阵往鼻子里挤，花的香合了梦一齐压上了我。第二天早晨到学校去的路上，倘若遇到那位老实的中年人，我不再听他那些荒唐怪诞的话；我却要把我的剑侠剑仙之流的飞腾说给他听了。

  我现在也有了雄心壮志了，是荒唐的雄心壮志。我老想着，怎样我也可以一张嘴就吐出一道白光，使敌人的头在白光里掉在地上；怎样我也可以在黑夜的屋顶上树顶上飞。在我眼前蓦地有一条黑影一晃，我知道是来了能人了。我于是把嘴一张，立刻一道白光射出去，眼看着那人从几十丈高的墙上翻身落下去。这不是天下的奇观吗？自己心里仿佛真有那样一回事似的愉快。同时，也正有同我年纪差不多的小孩子，他们也有着同样的雄心壮志。他们告诉我，怎样去练铁沙掌，怎样去练隔山打牛。我于是回到家里就实行。候着没有人在屋里的时候，把手不停地向盛着大米或绿豆的缸里插，一直插到全手麻木了；自己一看，指甲与肉接连着的一部分已经磨出了血。又在帐子顶上悬上一个纸球，每天早晨起床之先，先向空打上一百掌。据说倘若把球打动了，就能百步打人。晚上，在小院里，在夜来香的丛中，背上斜插着一条量布用的尺，当作宝剑。同一群小孩玩的时候，也凛然仿佛有不可一世的气概似的。

  但是，把手向大米或绿豆里插已经流过几次血，手痛不能再插。凭空打球终于也没看见球微微地动一动。心里渐渐感到轻微的失望。已经找到的天堂现在又慢慢幻灭了去。自己以前的希望难道真的都是些幻影吗？以后，又渐渐听到别人说，剑侠剑仙之流的

红 ‖ 怀念母亲
Miss Mother

怪人，只有古时候有，现在是不会有的了。我深深地感到失掉幻影的悲哀。但别人又对我说，现在只有绿林的豪杰相当于古时候的剑侠。我于是又向往绿林豪杰了。

说到绿林豪杰，当时我还没曾见过。我总觉得他们不该同平常人一样。他们应该有红胡子、花脸、蓝眼睛，一生气就杀人了，正像在舞台上见到的一些人物一样。这都不是很可怕的吗？但当时却只觉得这样的人物的可爱。这幻想支配着我。晚上，我梦着青面红发的人在我屋里跳。第二天早晨起来，无论是花的早晨，雨的早晨，云气空灵的早晨，蝉声鸣澈的早晨，我总是遇到这老实的中年人。他腻着我告诉他关于剑侠剑仙的故事。我红着脸没有说话，却不告诉他我这新的向往。虽然有点窘，我仍然是愉快的。——在我心里也居然有一个秘密埋着了。

这时候，如火如荼的夏天已经渐渐化入秋的朗远里去。每天早晨到学校去的时候，蝉声和了秋的气息萦混在微明的空气里。在学校里听年老的老师大声念古文，回到家里来的时候，就仍然坐在阴暗的屋里一张小桌的旁边，做着琐碎的事情。任窗户把秋的长天，带着星里的长天，和了玉簪花的幽香闸在外面。接连着几天的早晨，我没遇到这中年人。我真有点想他，想他那纯朴的北方农民特有的面孔。我仍然走以前走的那段偏僻的路。顶早的早晨仍然是非常寂静，没有什么人走路的。我遇不到这老实的中年人，心里感觉到缺少点什么。我踽踽地独行着，这长长的路就更显得长起来。我问自己：难道他有什么意外的不幸的事情么？

这样也就过了一个多月。等到天更蓝、更高、触目是一片萧瑟的淡黄色的时候，我心里又给别的东西挤上，这老实的中年人的影子也渐渐消失了。就在这样一个萧瑟淡黄的黄昏里，因为有事，我走过一条通到墟子外的古老的石头街。街两边挤满了人，都伸长了

脖颈，仿佛期待着什么似的。我也站下来，一问，才知道今天要到墟子外河滩里杀土匪。这使我惊奇，我倒要看看杀人到底是什么样子。不久，就看见刽子手蹒跚地走了过去，背着血痕斑驳的一个包，里面是刀。接着是马队步队。在这一队人的中间是反手缚着的犯人，脸色比蜡还黄。别人是喷喷地说这家伙没种的时候，我却奇怪起来：为什么这人这样像那卖绿豆小米的老实的中年人呢？随着就听到四周的人说：这人怎样在乡里因为没饭吃做了土匪；后来洗了手，避到济南来卖绿豆小米；终于给人发现了捉起来。我的心立刻冰冷了，头嗡嗡地响。我却终于跟了人群到墟子外去。上千上万的人站成了一个圈子，这老实的中年人跪在正中，只见刀一闪，一道红的血光在我眼前一闪。我的眼花了。回看西天的晚霞正在天边上结成了一朵大大的红的花。

  这红的花在我眼前晃动。当我回到那阴暗的屋里去的时候，窗户虽然仍然能把秋的长天闸在外面，我的眼仿佛能看透窗户，看到有着星星的夜的天空满是散乱的红的花。我看到已经落净了叶子的树上开着红的花。红的花又浮到我梦里，成了橹，成了船，成了花花翅膀的蝴蝶；一直只剩了一片通明的红。第二天早晨上学的时候，冷僻的长长的路上到处泛动着红的影子。在残蝉的声里，我也仿佛听出了红声。小石子的花纹也都转成红的了。

  到现在虽然已经过了十多年了，只要我眼花的时候，我仍然能把一切东西看成红的。这红，奇异的红，苦恼着我。我前面不是说，这是粉红色的一段么？我仍然不否认这话。真的，又有谁能否认呢？我只要回忆到这一段，我就能看见自己的微笑，别人的微笑；连周围的东西也都充满了笑意，咧着嘴的大哭里也充满了无量的甜蜜；我就能看见自己的影子，在向大米缸里插手，在凭空击着纸球；我也就能看见这老实的中年的北方农民特有的纯朴的面孔，他向我微

红 ‖ 怀念母亲
Miss Mother

笑着说话的样子,只有这中年人使我这粉红色的一段更柔美。也只有他把这粉红色的一段结尾涂上了大红。这红色给我以大欢喜,它遮盖了一切存在在我的回忆里的影子。但也对我有大威胁,它时常使我战栗。每次我看到红色的东西,我总想到这老实的中年人。我仿佛还能看到我们俩第一次见面时春的阳光在他脸上跳跃,和最后一瞥里,他脸上的蜡黄。——我应该怜悯他呢?或者,正相反,我应该憎恶他呢?

送给孩子们的经典美文

Song Gei Hai Zi Men De Jing Dian Mei Wen

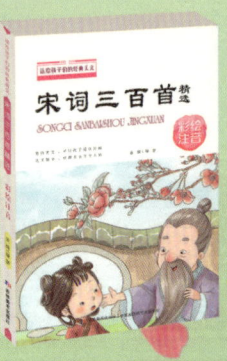
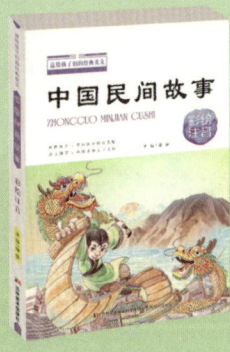

名家经典必读书库

《阳光男孩故事》　　《阳光女孩故事》
《弟子规》　《中国民间故事》　《父与子》
《中华寓言故事》　　《中华成语故事》
《宋词三百首(精选)》　《中国经典童话》

彩绘注音

送给孩子们的经典美文

《365夜童话》　　　《三字经》
《安徒生童话》　　　《世界著名童话》
《父与子（全彩畅销版）》　《唐诗三百首》
《格林童话》　　　《一千零一夜》
《经典神话传说》　　《伊索寓言》

图书在版编目（CIP）数据

怀念母亲 / 季羡林著. — 长春：吉林美术出版社，2015.9（2022.1重印）

（美绘经典系列）

ISBN 978-7-5575-0152-5

Ⅰ. ①怀… Ⅱ. ①季… Ⅲ. ①散文集 – 中国 – 当代 Ⅳ. ①I267

中国版本图书馆CIP数据核字(2015)第209460号

MEIHUI JINGDIAN XILIE　　HUAINIAN MUQIN

美绘经典系列　怀念母亲

作　　者	季羡林
绘　　者	杜　斌
出 版 人	赵国强
责任编辑	栾　云
编　　辑	杨　溢
开　　本	787mm×1092mm　1/16
印　　张	12
版　　次	2015年9月第1版
印　　次	2022年1月第5次印刷

出　　版	吉林美术出版社
发　　行	吉林美术出版社
地　　址	长春市净月开发区福祉大路5788号
邮政编码	130118
网　　址	www.jlmspress.com
印　　刷	吉林省恒盛印刷有限公司

ISBN 978-7-5575-0152-5　　　定价：46.80元

版权所有　侵权必究